HEARTFELT

STAND BY TEAM

人生在意外后逆转，
世界变得陌生而疯狂，
我该勇敢地相信，
还是怀疑着守望？
© SOL.Bianca Creation works

如果刻薄地活着才能够幸福，
好吧，让我变穷，变矮，变丑吧，
我宁可当回那个小胖妹。

© SOL.Bianca Creation works

所有人和我一样，脸上挂着闪亮的微笑，
这才是真正的幸福，我要的幸福！
GDRAGON
Dior
© SOL.BiancaCreation works

CNS PUBLISHING & MEDIA
湖南文艺出版社

图书在版编目（CIP）数据

真心候补团 / 米米拉著. -- 长沙 ：湖南文艺出版社，2016.6
ISBN 978-7-5404-7619-9

Ⅰ. ①真… Ⅱ. ①米… Ⅲ. ①长篇小说－中国－当代
Ⅳ. ①I247.5

中国版本图书馆CIP数据核字（2016）第129998号

真心候补团

ZHENXIN HOUBU TUAN

米米拉 著

出 版 人：刘清华
策　　划：谢不周
责任编辑：张　璐
湖南文艺出版社出版、发行
（长沙市雨花区东二环一段508号 邮编：410014）
网　　址：www.hnwy.net
湖南省新华书店经销
长沙鸿发印务实业有限公司印制

*

2016年6月第1版第1次印刷
开　本：710 mm × 1000 mm　1/16　印　张：16　字　数：235千字

定价：28.00元
邮购电话：0731-85983015

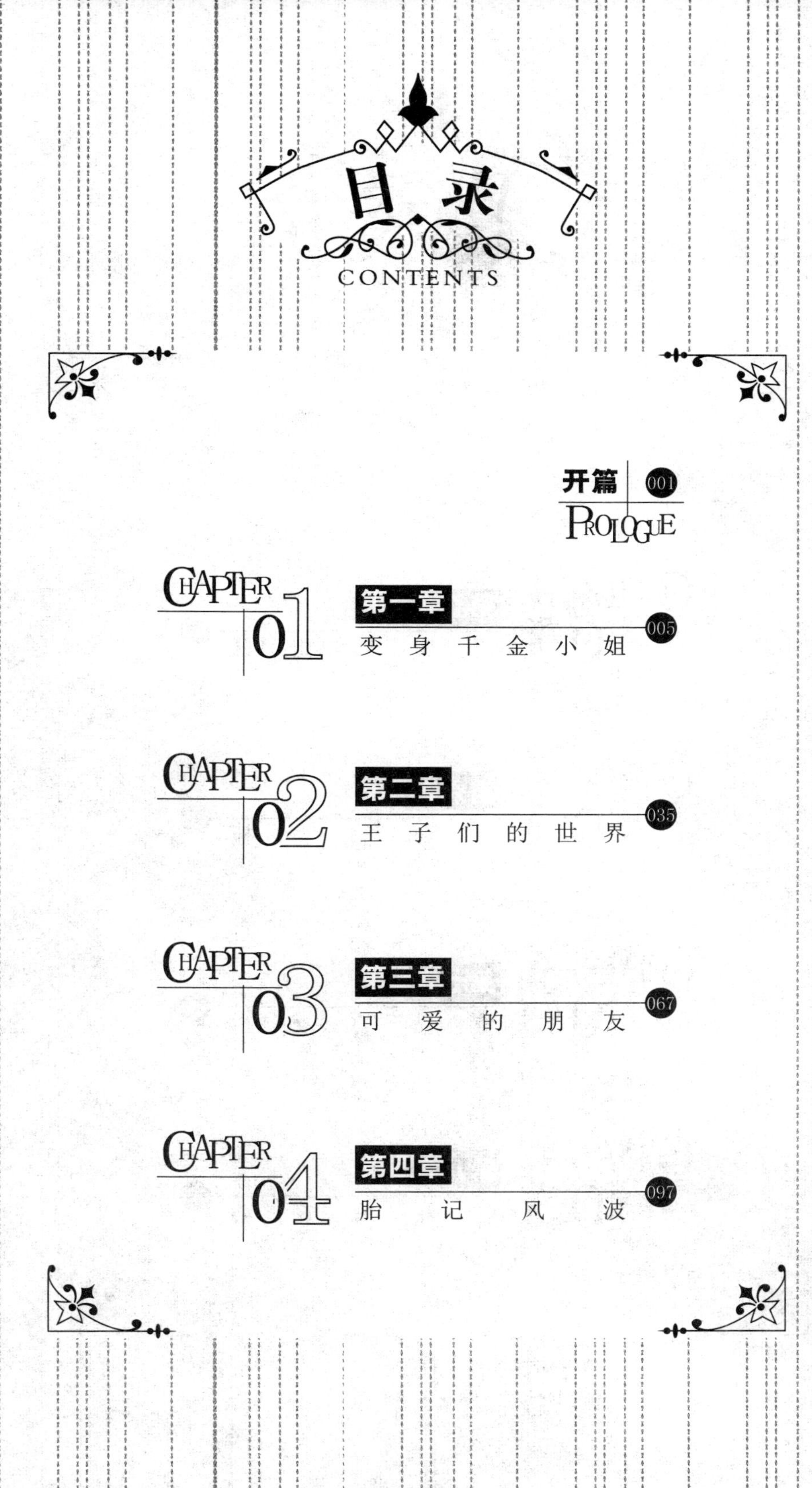

目录
CONTENTS

目录

CONTENTS

开篇

PROLOGUE

太阳并没有完全落山，天边绚丽的彩霞沾染上傍晚的夕阳，像镀了一层金边的水彩画，道路两边郁郁葱葱的大树在夕阳的笼罩下，也都蒙上了暖暖的色彩。

此时正值放学时分，晴天小学的大门口陆陆续续走出一拨又一拨小学生，期中考试成绩刚刚发下来，考得好的自然一脸高兴，考得不好的则满脸沉郁不开心，担心回家会被爸妈责骂……

“可爱，你等等我呀——”

一个软软的童声传来，只见一个圆滚滚的短发小胖妹，左右手各拿一个大面包追上了前面另一个同样长得又矮又胖、头上戴着兔子发夹的女生。

对，这个又矮又胖也可以叫作小胖妹的女生，就是我包可爱。

虽然大人们时常捏着我像包子似的脸，笑着夸我长得胖胖的十分可爱，但我可一点也不觉得他们是在夸奖我。就算只是个孩子，我也能从他们的笑声中分辨出他们是不是真心的，他们的潜台词其实就是在说，可爱啊，你怎么长这么胖啊！

在这一点上，学校里的同学们可比他们诚实多了，隔壁班的小虎就总是直接嘲笑我，说我是一只小胖猪……

听到阿宝的喊声后，我停下来等她。

阿宝是我在晴天小学唯一的小伙伴，因为我们俩都长得很胖，所以同病相怜的我们很快走到一起，成了好朋友。她是个活泼开朗的人，成天都笑眯眯的，没有什么烦恼，就算被别人嘲笑胖，她也不在意。

“我知道你期中考试没考好，心情肯定不好，就给你买了小卖部最好吃的面包，你吃完后心情就会变好啦。”

阿宝笑着，伸手把面包递给我。

“谢谢。”

我接过面包，对着阿宝绽开了笑容，可话音刚落，手上的面包就被跑过来的小虎一拍掉在了地上。

“你还吃面包，担心变成一头猪！”小虎拍掉了面包后，一点悔意都没有，还回头对着我做了一个鬼脸，然后就背着书包跑掉了。

“啊，我的面包……”

我眼睁睁地看着面包滚到了马路上，想也没想就跑过去，打算捡起来。

就在这时，一辆黑色的轿车开了过来，车轮轧过面包，尽管车子紧急刹车，但我还是被狠狠擦了一下，摔倒在地。

“好痛。”

我摸了摸鼻子，手上全都是流下来的鼻血。

阿宝站在路边完全看傻了眼，也不敢过来扶我。我扶着车盖爬起来，就听见一个好听的声音响起：“你有没有伤到哪里？”

同时，一张纸巾递到了我的面前。

我抬起头，看到眼前唇红齿白，穿着黑色校服的小男生，嘴巴张了张说不出话来，他比我们班上最好看的班长都要漂亮。

“宇文少爷，这里我来处理，你还是到车上去吧。”坐在驾驶座的司机大叔擦着汗走到他身边，恭敬地对那个小男生说道。

见我不说话，那个小男生看了看司机，竟然拉过我胖乎乎的手，亲自把纸巾放到我的手上：“如果有什么事你尽管跟张叔说，我们会全部负责的。”

说完，他才转身回到了车上。

我还没回过神来，呆呆地看着手中的纸巾，而偏偏这个时候刮起了风，风一吹我手中的纸巾就那样飘走了……

“不要走——”

我跟着飞走的纸巾跑去。

纸巾被风吹着，绕过车头，从另一边飞进了车后窗，落进车里。我没有思考就要探头进去捡，完全没看到里面还坐着另一个男生。

“啪！”

就在我想要探头进去时，车窗关上了，而我的头撞在了车窗上。

连续被撞了两次，我的脑袋晕晕乎乎的，在彻底晕过去前，我透过玻璃，看到了那张难以忘怀的脸。他比刚才递给我纸巾的男生还要好看。

他正皱着眉，毫无愧意地看着我。他有一双乌黑的眼睛，像最深的黑夜，像看不见底的深潭，他那长长的黑色睫毛轻轻地扑扇着，像蝴蝶的羽翼停留，薄薄的嘴唇微抿，像是在思考着什么。

他有着跟他年龄不符的气质和像一个小大人似的洞悉一切的眼神，冷漠得让我隔着玻璃都感觉到了冷意……

可我的眼睛还是死死地盯着落在他腿上的那张白色纸巾——

喂！

第一次有男生送我东西啊！

CHAPTER 01

第一章 变身千金小姐

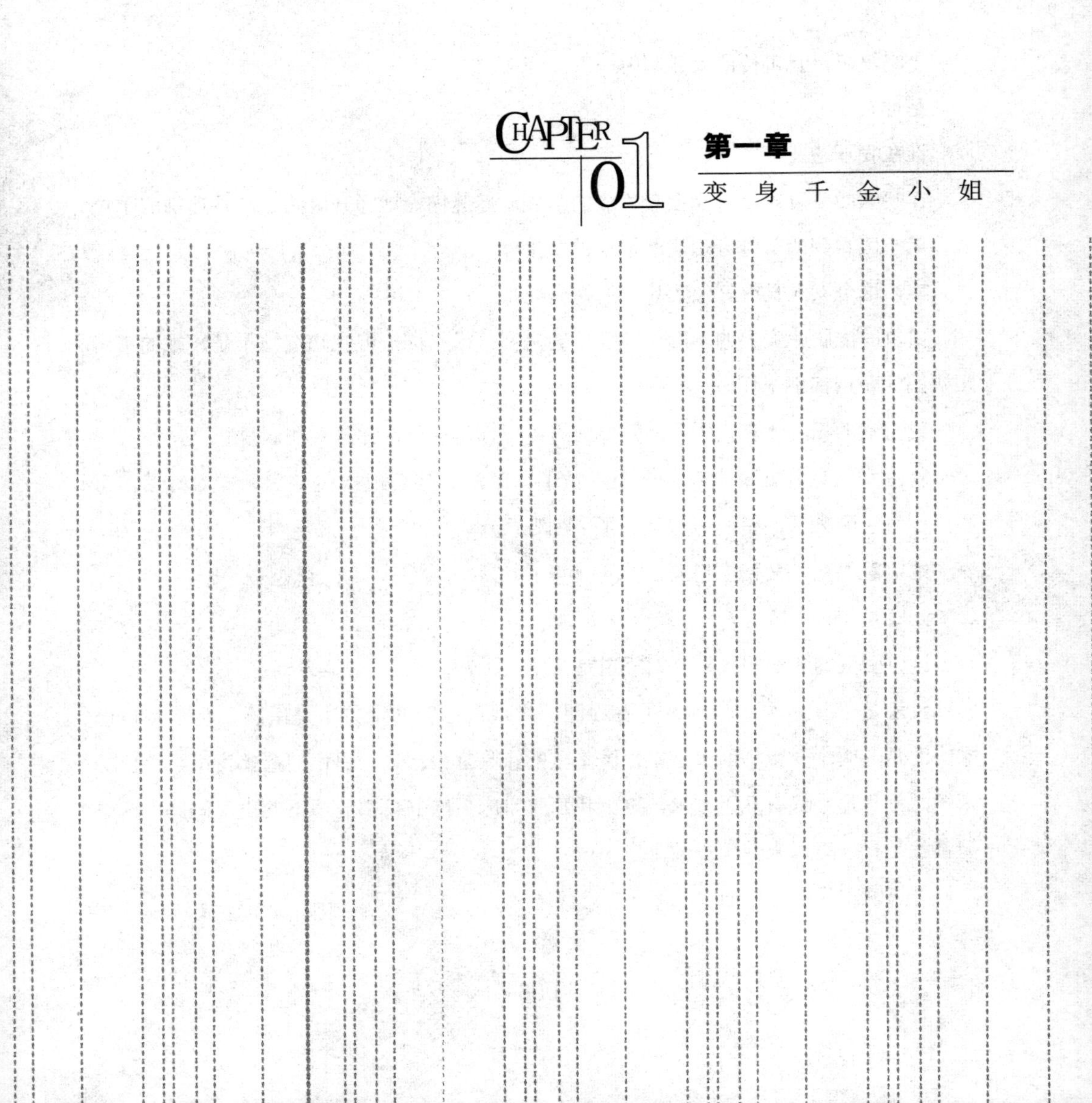

1

“呜呜呜，我可怜的女儿啊……”

是谁？

谁在我耳边哭呢？

在哽咽的哭泣声中，我摸着疼痛的脑袋，迷迷糊糊地睁开眼睛，从昏迷中醒了过来，第一眼看到的就是床边满脸泪痕的陌生女人。

咦，这个女人长得好像我死去的妈妈啊！

白皙的皮肤、尖尖的下巴，连嘴角的痣都一模一样，但我知道她不是，她的声音跟妈妈的一点都不一样……

我愣了半天，才声音嘶哑地开口问道：“你是谁啊？你怎么在这里？”

陌生女人见我醒过来，马上用手抹了抹眼泪，开心地抱住了我：“太好了，可心，你终于醒来了，妈妈担心死你了……”

她笑着说完，又哭了起来。

到底是怎么回事啊？

这位陌生的阿姨叫我女儿？难道是认错人了？

我还是一头雾水，转头看了看周围，发现自己躺的地方不是医院，也不是自己家，而是一间十分豪华的大卧室，卧室里的家具都很精致，白色的蕾丝窗帘、粉色的床幔。跟我那个只有几平方米，摆下我那张小床后连书桌都放不下的小房间比，这里简直就是我一直以来梦想中的卧室……

“阿姨，我不是你的女儿……”

我的喉咙还是干干的，一开口连声音都变得很奇怪。

陌生女人听了我的话后，愣了一下，尴尬地放开了我，然后眼泪又像决堤之水似的流了出来："我知道，你不承认我，这么多年了你还是觉得是我抢走了你爸爸，是我对不起你妈妈……"

可是——

阿姨，我真的不是你的女儿啊！

"你是不是认错人了？阿姨，其实我……"

我看她这样，有点不知所措。

等等！

床头摆着的照片上，那个笑眯眯的胖子好熟悉啊！

那个有着啤酒肚、头发稀疏的胖子怎么看都像是我老爸，虽然年纪看上去大了点，但我自己的老爸我不可能不认识……只是他身边站着的那个笑得十分灿烂，穿着黑色蕾丝连衣裙的苗条少女是谁？

她长得十分漂亮，瓜子脸、大眼睛，一头又长又黑的鬈发，挽着我老爸，一脸亲密地贴着他站着，手里还拿着我小时候最喜欢的玩具熊，玩具熊被她弄得又脏又破的！

"这个女孩子是谁啊？她为什么会跟我老爸一起拍照？"

我拿过照片，疑惑地问。

陌生女人看了我一眼，露出不可思议的目光说道："可心，你不要吓阿姨，照片上的人就是你啊，照片是你去年跟你老爸在迪士尼乐园拍的呀……"

"我？"

我瞪大了眼睛，惊讶地指了指自己。

等等……

我的目光落在自己的手上，修长的手指、纤细的手腕……我肥胖滚圆像馒头似的小手去了哪里？这不是我的手啊！

"啊——"

我尖叫一声，从床上一下爬起来，这对于平时翻身起床都要好半天的我来说是不可能的！

镜子，镜子在哪儿？

赤脚跳下床后，我看到一双镶满水晶、闪闪发光的黑色拖鞋，犹豫了一下我才穿上。要知道我一点也不喜欢黑色，妈妈去世的时候，灵堂里满是沉闷的黑色，从此我就对黑色十分反感，觉得它代表离别和悲伤……

穿上拖鞋走到镜子前，看到镜子里的自己后，我吓得又要晕过去。

“怎么会……”

我哆嗦地伸出手指着镜子里的女孩，她跟照片上的少女一模一样，也跟着我伸出一根手指指着我，露出惊恐的表情。

妈呀！

我只不过是被车撞了一下，又一头碰到车窗上晕了过去而已，没想到睡了一觉醒过来，就变成了另外一个人，这也太恐怖了吧？

“可心，你到底怎么了？”

陌生女人狐疑地打量着我，蹙眉想了想后，连忙朝门边走了几步打算离开：“你等等，我去叫李医生来！”

就在这时，卧室的门被人推开来。

“可心她怎么样了？还没醒过来吗？”

来人一进门就拉住陌生女人着急地问道。

我听到声音转过身，就看到了我那肥头大耳长得像弥勒佛似的老爸，顿时心安了不少。

“老爸——”

我飞奔过去，推开陌生女人，抱住了他的大肚子。

“醒过来就好，醒过来就好，你要是再醒不过来老爸就……”老爸用手抚摸着我的脑袋，说着说着就哽咽起来。

没错！

老爸还是我的老爸，他的身上带着我熟悉的烟味，还有他标志性的大啤酒肚，靠在上面的时候还是那么舒服，像枕头一样……

“包头啊，可心她好像有些问题……”

陌生女人拉了拉我老爸，在他耳边小声地说道。

老爸愣了愣，又看了看我，粗声粗气地责备陌生女人：“有什么问题？她这不是好好的，都醒过来了！”

“不是的，你听我说……”

陌生女人把老爸拉到一边，跟他嘀咕了半天后，老爸的表情也凝重起来，他走到我身边小声地问道：“可心啊，你记不记得自己是怎么从楼梯上摔下来的？你跟明天之间到底发生了什么？”

“从楼梯上摔下来？老爸，我明明是撞到车窗玻璃上晕过去的呀！”

我急了，拉过老爸的手紧紧地攥着，又指了指自己的身体问道：“老爸，我是可爱啊，你为什么叫我可心，我怎么会变成这个样子？”

“可爱？”

老爸肥胖的脸上露出不敢相信的表情，他盯着我看了看，把我拉到床边让我躺下来，安抚着我：“宝贝啊，你才醒过来，身体现在还很虚弱，你先在床上躺一下，老爸给你找医生来检查一下……”

我懵懂地点了点头。

然后，老爸就拉着陌生女人出去了，过了一会儿，一个戴着眼镜、穿着白大褂，长得很慈祥的医生跟着他们走了进来。

医生给我做了一些检查，又问了我很多问题后，竟然判定我失忆了！

“根据包小姐的一些回答来看，她目前只拥有八岁以前的记忆，其他的都不记得了……”医生做了最后的总结。

这时，屋里的气氛变得凝重起来。

老爸的脸色有些发白，他十分担心地看着我。

“老爸，我没有失忆，我还记得你啊，还有我们家的小公寓，你给我做的小木床，你还在床头给我雕刻了我最喜欢的白雪公主！”

我激动地从床上爬起来，拽住老爸的衣角。

“我知道，宝贝，我知道。”

老爸也忍不住坐下来，拍着我的肩膀，摸了摸我的头安慰着我。

“李医生，那可心她什么时候能好？你也知道荆家好不容易选中了她，万一被他们知道了……”

陌生女人着急地追问。

李医生为难地摆了摆手，说道：“这我可说不好，之前拍的脑部CT并无异状，我也不清楚她为什么会失忆，需要进一步观察治疗，不如让她住到医院去……”

“不行。”

陌生女人陡然打断了李医生，脸色变得僵硬起来。见我们大家都看向她，她才缓和下表情说：“现在是关键时期，可心失忆的事情可不能宣扬出去，你们也知道多少人盯着她呢，那柳家早就虎视眈眈地想要把他们家女儿送到荆家去了，要是可心出局了，我们怎么办？公司怎么办……”

老爸听了她的话，脸色也不太好看。

荆家？

我注意到那个陌生女人两次说到这个荆家，也不知道跟我们家有什么关系，我虽然也接受不了自己失忆了这件事，但还好有老爸在，感觉也没那么可怕了……

其实，看到自己变瘦变漂亮了那么多，家里似乎变得有钱了，老爸应该再也不用为了我每年的学费担心了，我怎么会不满意呢？

要说到不满意，也只有——

我看了看拉着老爸走到一边叽里咕噜在商量什么的陌生女人，心里感到有点难过，就算我再笨，也能猜到她跟老爸的关系……

她是我的后妈吗？

老爸怎么可以这样，我只是睡了一觉醒来，他就娶了别的女人。他不是说过他这辈子只爱我老妈一个女人，永远都不会再娶别人吗？

我一点也不喜欢这个陌生女人！

“我们出去说吧。”

思考良久，老爸瞟了我几眼，把李医生和后妈叫了出去。

屋里只剩下我一个人，我坐在床上发呆，歪着脑袋看着床头的照片，才过了几分钟我就听见门外传来后妈的声音。

“这可怎么办？他怎么偏偏这个时候来了？你说可心能应付吗？没办法了，我让她假装睡着了吧，让他看一眼就走……”

接着门被推开来。

后妈一脸焦急的模样走到我床边，对我说：“可心，你快躺到被子里，闭上眼睛什么话都不要说，不管等下有什么动静你都不要说话，知道了吗？”

“哦。”

我不知道怎么了，只能点头答应她。

看起来十万火急的样子，到底是谁来了呢？

按照后妈的吩咐，我盖上被子，闭着眼睛假装睡着的样子。没等多久，我就感觉到有脚步声朝我靠近。

“可心她没什么事，就是有点累睡着了……”

后妈小声解释道，但马上被一个低沉的嗓音打断：“没关系，我也只是奉爷爷的命令来看她，看她一眼完成任务我就走……”

说到后面，他哼了两声表示自己的不满。

这家伙是谁啊？

看来是被逼着来看望我的，而且好像很讨厌我的感觉！

后妈没有接他的话。

我感觉他走到了床边，我闻到一股好闻的香气，鼻子十分敏感的我被香气一熏，忍不住想要打喷嚏。

“阿嚏——”

喷嚏带着口水喷了眼前的人一脸。

“对不起，对不……”

我连忙睁开眼睛要道歉，但看到眼前的人后，我不禁有一丝恍惚。

他好帅啊！

而且，眼前这张透着怒气的脸，我好像在哪里见过。

他五官精致，有着完美的面部轮廓，那双乌黑的眼睛里映出我呆滞的脸，薄薄的嘴唇紧紧抿起，正是发怒前的征兆……

“包可心，你是故意的吧？”

他用手抹了抹自己的脸，朝我露出嫌恶的目光。

我还在盯着他看，也没有躲避他的目光，这让他更恼火了，我赶紧冲他喊道：“是你，就是你这家伙关车窗害我撞到脑袋，我死都不会忘记你的……”

尽管他的脸长开了，变得更加帅气，但我死都不会忘记这张脸的，正确来说，在我的记忆里，他不过才跟我见过一次面……

可恶的家伙！

他就是我晕过去前，那个坐在车后座的冷漠小男生！

“可心，你别乱说话。”

后妈站在他身后，一个劲地朝我使眼色。

“就是你！”我掀开被子一骨碌爬起来，抓住他的手臂喊道，“你快点还我的纸巾，那是第一次有男生送我东西，你快点还给我！”

我已经忘记我失忆了这件事，一心只想拿回我的东西。

那张纸巾虽然就是普通的纸巾，也许在别人心里什么都不是，但对我来说，它是那么珍贵。

“你又在玩什么？”

男生先是怔了一下，随即马上就回过神用力地甩开了我，对着我冷冷地说：“我可什么都没拿你的，别又赖在我身上。”

“明天，你不要生气，可心她才醒过来，医生说她的意识和思维暂时都不太清晰，你不要跟她计较……”

后妈赶紧安抚他，像是生怕得罪他。

我被他一甩，撞在了床头，我捂住脑袋龇牙道："你这个人到底怎么回事啊？明明是你做错事在先，干吗还理直气壮地这么对我？"

"你……"

他咬了咬牙，目光里竟然闪过一丝愧疚，却马上瞪着我冷声说："那也是你自找的，又不是我把你推下楼梯的，是你自己摔下去的！"

咦？

什么推下楼梯？

原来我们在这里鸡同鸭讲，我说的是他关了车窗让我撞到头的事，而他以为我在说这次我摔下楼梯的事。

但是……

我回想着爸爸和男生说的话。

"可心啊，你记不记得自己是怎么从楼梯上摔下来的？你跟明天之间到底发生了什么？"

……

"那也是你自找的，又不是我把你推下楼梯的，是你自己摔下去的！"

……

这么说起来，他就是老爸口中说的那个叫明天的家伙？而且我从楼梯上摔下来还失忆了都跟他有关！

我掰着手指头，想了半天，才得出这个结论来。

见我不说话，他的脸色冷了下来，跟后妈随便地道别："阿姨，既然她已经没事了，我就回去了。"

说完，他不耐烦地看了我一眼，匆匆地离开了。

2

后妈殷勤地送走了他后，就跟老爸一起回到了我的卧室，他们俩一人一句，跟我讲起我失去的记忆。

原来我老爸前几年投资了矿产生意，一不小心就成了暴发户，还连续开了好几家公司，娶了我后妈，买了别墅，也算是混进了本市的上流社会。

为了让我更像个千金小姐，他还给我改名叫包可心。但是好景不长，近几年投资不善经济又不景气，老爸的公司濒临倒闭，而恰好这时，各方面都很优秀的我被荆家选中，成为荆明天的“书童”。如果我可以顺利进入荆家，老爸就可以获得资金，让公司得以周转，从而从倒闭的风险中解脱出来……

信息量太大，我的脑细胞不够用，怎么说我现在也只有八岁的阅历，对于这么复杂的情况，我也只能听懂一点点。

第一就是老爸有了钱，而我变成了漂亮又优秀的千金小姐；第二就是现在老爸的公司濒临倒闭，而我要去那个讨厌的人家里，才有可能救老爸。

我当然会去啊！

虽然我很讨厌那个荆明天，我也很伤心老爸背叛了老妈，娶了别人，但是，无论为老爸做什么事情，我都心甘情愿毫不退缩！

“可是……”我歪了歪脑袋，好奇地问，“老爸，什么叫书童啊？”

“这个书童就是说啊……”

老爸眼神不定，十分为难地看着我，好像充满了愧疚。

他犹豫着说不出来，后妈连忙接过他的话头，笑着说：“书童啊，就跟那古装电视剧里面演的差不多，陪着明天上上学、读读书……”

“真的吗？”

听起来还挺简单的嘛！

不过我想起了刚才一直冷着脸的荆明天。真奇怪，那家伙对我嫌弃得不得了，他为什么会选我做书童呀？

很快我就知道这是为什么了，不是他选了我，而是荆家选中的我，而所谓的书童也并不像后妈说的那么简单……

几天后，经过后妈紧急培训的我按要求的时间来到了荆家。荆家安保措施十分严密，我们被拦在了大门外。

我坐在车内，朝里面张望。

透过铁栅栏远远望过去，是一片葱葱郁郁的草坪，草坪一直往前延伸，隐隐约约能看见一排宏伟高大的欧式别墅。

“少爷说，请包小姐在这里下车，自己一个人走过去。”

浓眉大眼的保安不客气地说。

“这……”

司机大叔为难地看了看我。

“没问题的，又没多远，我下去就是了。”

我朝司机笑了笑，就跳下车去，开心地看了看四周。

哇！这里好漂亮啊！

保安好像没料到我会一口答应，瞪大了眼睛，半天没回过神。

“从这里进去对吗？”

我指了指大门旁边的一扇小铁门。

“是，是的。”

保安给我打开了门。

司机大叔一边给我拿下行李箱，一边碎碎念替我抱不平：“小姐，你的行李这么重，一个人能行吗？荆家少爷也太欺负人了，怎么能这么做呢……”

“没事的，我可以的。”

我接过行李箱，笑着对他说。

其实行李箱并没有装多少东西，不过就几件衣服，后妈说其他东西荆家都有安排。再说了，行李箱有四个轮子，只需要我放在地上推着走就可以，没什么大不了的。

想当初我才七岁的时候，就能一只手拎起十五斤重的东西呢！

司机大叔一脸震惊："可小姐你以前连书包都嫌重，从来不肯自己拿，要我送到教室去，现在怎么……"

啊？不会吧？

就算老爸变成暴发户，我也不会变得那么矫情啊，从小我就力大无穷，怎么可能连书包都不愿意自己拿？

大叔，你说的那个人应该不是我吧？你肯定记错了！

但我又不能跟司机大叔这么说，他不知道我失忆的事，而后妈再三交代我不能告诉任何人，谁都不能说……

我挠了挠脑袋，尴尬地说："我想试一试，自己的事情自己做。"

"小姐你……"

司机大叔更震惊了。

趁这时赶快走，免得他待会儿又问东问西怀疑我！

我朝他象征性地挥了挥手后，就飞快地朝小门走去。顺着大路呼哧呼哧走到快一半时，一辆车停在我身边。

"包可心，为了进我们家，你真是什么都肯做啊。"

后车窗摇了下来，车里的人嘲讽地对我说。

荆明天？

他的车怎么会从我身后开过来？

难道……

我想起刚才拖着箱子从大门口走进来时，余光好像扫到一辆车正停在门口，开始还以为是别家的，没想到……

"你不是很骄傲的吗？怎么，现在要你一个人拖着行李箱走进来，你也答应了？是不是要你爬进来你也愿意啊？"

他见我不说话，继续刺激我。

可恶！

这个变态竟然跟踪我？

他故意让保安说那样的话，是想看我会不会真的一个人走进来，然后他就像个跟踪狂一样躲在暗处偷窥？

呼——

不能生气！后妈告诉过我，在这里一定要忍耐，特别是对荆明天，不管他对我做什么，只要我忍过去，一切就会好起来……

“谢谢。”

我朝他咧嘴一笑，打开副驾驶旁的车门就拎着行李箱坐了上去，对荆明天的司机说：“大叔，麻烦您了。”

司机看见我，一脸见鬼的表情，朝后视镜看了看：“少爷……”

荆明天明显在发愣，没反应过来。

“你，你做什么？快点下去！你凭什么坐上来？”反应过来后，他大发雷霆，额角青筋直冒。

“哎呀，我都说了谢谢了。”

我也不知道自己到底做了什么让他那么讨厌我，但我还是想跟他好好相处：“以后我们要天天在一起学习生活，我相信我们一定能成为好朋友的。”

以前的我，在同学们眼中就是一个“矮矬穷”，只有阿宝愿意跟我做朋友，现在我长得漂亮，成绩又好，应该可以交到更多的朋友才对啊……

不过——

我想起这些天，后妈告诉我的我长大后的经历，怎么听，她嘴里说的那个骄傲自负，不把别人放在眼里的包可心跟我都不是一个人……

后妈说，包可心从来只吃绿色食品，每天吃的饭都是按粒数，绝对不沾肉，不沾冰激凌，不沾任何让她长胖的食物。

后妈说，包可心永远都是高高在上的大小姐，对别人的事毫不关心，从来都不会服软，即使是自己做错了事也不可能道歉。

后妈说，包可心会弹琴会跳舞成绩永远排第一，不知道拿了多少大奖，也就是这样荆家才会看上她……

总之，我怎么也想不到长大后的我会变得这么优秀，但就是听起来一点也不像是我！

不吃肉不吃冰激凌，我一定会难受死的，更何况从小我心就软，别人只要说两句好话我就什么都愿意做，怎么会变得那么冷漠无情呢？

“喂，包可心，你听到我说的话了吗？”

一只手在我眼前挥舞。

我回过神，看到了荆明天满是怒气的脸，他的头顶似乎都在冒浓烟，我连忙小声道歉：“对不起，我走神了，你刚才说了什么？”

“你……”

荆明天铁青着脸，双臂环胸怒视着我，咬牙重复道：“我说，谁要跟你做好朋友？你怎么那么恶心，一个星期前你跟我说的话，难道都忘记了？”

一个星期前？

我掰着手指算了算，好像是后妈说的我摔下楼梯的那一天。那天发生了什么事，他们都不知道，只知道荆明天抱着满脸是血的我进了医院，说我从楼梯上摔了下去，然后把我交给医生就走了……

“什么话？”

我忍不住问。

“你不记得了？”

荆明天皱着眉头。我有点心虚不敢看他，但他马上又冲我冷笑道：“也是，你当然要装作不记得，只可惜当时我没有录音，不然就可以名正言顺地把你赶出去了！”

幸好！

他没有怀疑！

“呵呵。”

我干脆傻笑了两声。

我发誓，我真的什么都不知道啊！

不过他好像因为那些话特别生气，我还是不要随便回答他好了，少说话多微笑，应该可以蒙混过关吧……

“你干什么？”

看到我笑，荆明天竟然一脸受到惊吓的表情，他的身体自然地往后一缩，然后躲开我的目光，拍了拍司机的座位冷声道：“开车。”

我不由得摸了摸脸。

什么嘛！

我明明长得这么漂亮，他干吗一副看见鬼的表情？

车子很快开到了主屋门口。相较于西式建筑，荆家长辈似乎更喜欢中式风格，主屋大门刷的竟是红色的油漆，跟欧式的别墅格格不入。

后妈已经跟我说过，荆家祖上是做古董生意发的家，后来又经营房地产，到现在已经是全球化集团。而荆明天的爷爷是家里最有权威的人，他为人比较传统，所有人行事都要看他的脸色。也不知道是什么原因，他第一眼看见我就特别喜欢，经过重重选拔，我从几个候选者中脱颖而出，最终获得了“书童”的资格……

所以，我只要表现得毕恭毕敬，不要多嘴，不出什么差错，就不会有问题。

可是……

我还是好紧张，我真的能做好吗？连我自己都不相信自己……

“把你的手拿开。”

一声冷冷的呵斥传来，把我吓了一大跳。

低头一看——

妈呀，我的手正紧紧地捏住荆明天的衣角，他原本白白的衬衣被我手心的汗浸湿，又被我捏成皱巴巴一团，仔细看还带点黄色。

“对不起，我不是故意的，我只是一紧张就会想要抓住一点东西……”

呜呜！

我好想找个地洞钻进去啊，我怎么这么丢脸！

“胡说，明明你紧张的时候就会……”

说到这里，荆明天没再说下去，脸反而涨红了。

就会怎么样？

他干吗脸红，还露出一副要吃了我的表情？

“少爷，总裁在书房等你们很久了。”

就在我们大眼瞪小眼的时候，一名身穿黑色改良中山装的男子走了出来，他的鬓角有几丝白发，但丝毫不影响他英俊的外貌。

“可心小姐，是吗？”

他看到我后，马上露出一丝微笑。

“叫我可……可心就可以了。”

哎呀，差点说漏嘴！

我还是喜欢别人叫我可爱，多好听啊！

不过我对这个大叔的印象特别好，跟之前的保安还有荆明天比起来，他对我的态度和善好多。

“可心小姐。”他温和地笑了笑，自我介绍道，“我叫荆江，是荆家的管家，等下跟总裁见过面后，我会带你去安排好的房间，如果有什么问题你可以提出来。另外你在这里有任何事情都可以找我，我会很快为你解决的……”

“江叔，你跟她说那么多干吗？反正她早晚要走的！”

荆明天冷冷地打断他。

江叔摇了摇头，不赞同地说：“少爷，包小姐以后可能会是你的……”

“不可能！”他又一次打断了江叔，转过头用冰冷的目光扫视我，“她才没有资格，我不会承认她的。”

他们在说什么呀？

我反正是一点都没有听懂，不就是当个书童陪他吃、陪他玩、陪他读书，还要什么资格？

不过我并没有在意。

荆明天甩头就走，我只好跟着江叔，一起去见了他口中说的总裁，也就是德高望重的荆爷爷。他有一头白花花的头发，但精神抖擞，脸上连皱纹都不多。

他并没有我想象中的可怕，但也并不慈眉善目。

呃……

说起来他跟荆明天长得还挺像的，看人的眼神都冷冰冰的！

我们进了书房后，就有紧急电话打进来，荆爷爷简单地交代了几句，让江叔好好招待我，就离开了。

荆明天全程都冷着脸站在一边，也不说话。

3

呼，总算过关了！

我拍着胸脯，松了一口气。

荆明天从我身边擦过，瞥了我一眼，就像帝王般昂首阔步地走了，似乎一秒都不想和我多待。

“可心，江叔现在有点事要处理，你先到前面的会客厅等一下我，我去去就来。”

江叔笑着对我说。

“好。”

我连忙点头。

看着江叔匆匆忙忙离去的背影，我渐渐放松下来。看了看长得可怕的走廊，我这才反应过来——会客厅到底在哪儿？

我沿着走廊找啊找，好久也没有找到。

咦？这个房间是谁的？

房间用的是冷色调的墙漆，就连床单都是深蓝色的，但吸引我目光的是里面摆放的各种各样的头盔。

金色的、银色的、复古的、现代的……什么颜色、什么风格的都有！

我好奇地走了进去，用手小心地摸摸这个，拍拍那个，心里喜欢得不得了，还顺

手拿起一顶闪着银光，前面设计得像面具的头盔戴上了。

哇！这个头盔戴起来一点也不重，还可以自由调节眼睛部位，上上下下的可真好玩！

我玩得兴起，把头盔的下眼睑拉上来，顿时挡住了视线，我只能透过留下的一条缝看到外面……

“你在干什么？”

一声怒斥从门口传来。

“啊……”

我被吓得手直哆嗦，想取下头盔，却发现自己的头卡在头盔里面了。

“呜呜，救命啊！”

我慌了神，眼睛也看不太清楚方向，抱住脑袋横冲直撞。

“啪——”

我好像撞倒了什么东西，自己也跟着倒了下去。

妈呀！

这肉垫肯定是个人！

我刚想道歉，被我压在身下的肉垫就抓狂了，他一把将我从他身上推开，朝我吼道：“包可心，你又在玩什么花样？以前你就算再高傲嚣张，也不可能做出这么荒唐的事来！你跑到我房间到底想干吗？”

呃，原来这是他的房间。

我坐在冰冷的地板上，透过头盔上唯一的一道缝隙看着荆明天满是怒气的脸，委屈的眼泪忍不住流了下来。

“对不起，我不知道这是你的房间，我不应该随便乱动你的东西的，我知道错了，呜呜呜……”

我抽泣着道歉。

“你……”

荆明天没想到我会哭，手足无措地看着我。

呜呜……我怎么就那么倒霉呀，随便推开一扇门竟然就是他的卧室，要是早知道我肯定躲得远远的，哪还敢进来？

就在我哭得停不下来时，一只手伸了过来。

荆明天蹲在我面前，温柔地帮我取下了头盔。重见光亮的那一瞬间，我几乎不敢相信……

他真的是荆明天吗？

为什么他看着我的眼睛里，透着一丝温情和怜惜？

怎么看此刻的他都不像那个初次见面就狠狠关上车窗害我撞到头，一直对我没有好脸色，只会冷嘲热讽的荆明天啊。

现在的他好温柔、好体贴，他跟我挨得好近好近，他的睫毛好长，眉毛真好看，就像我最爱的漫画里的那个王子……

“谢谢。”

我望着他，眨了眨眼睛说。

荆明天的眼神一动，忽然恍然大悟般，猛地将我推倒在地，冷笑道：“包可心，这又是你设计好的吧？你记住，不管你做什么，都不会动摇我赶你出去的决心，你真是让我觉得恶心！”

他怎么回事啊？

我摸了摸摔痛的屁股，鼻子酸酸的。

“快点离开我的房间！”

他看我又要哭，指了指门口，大声朝我喊道。

呜呜……

他好凶！

为什么我变漂亮了，还是要被男生骂呢？隔壁班的小虎虽然经常对我恶作剧，但他不会对我这么凶，看到我哭他也会愧疚。

但是我的确做错事了啊！

我低着头，碎步跑着离开了他的房间。

被轰出来后，我也没心情再找会客厅了。

我垂头丧气地一路往前走，竟然来到了院子里。荆家的后院就像个植物园，里面实在太大了，就那样走着，不知不觉我就迷了路。我看了看四周，没有一个人，连园丁都看不到，更别说问路了。

咦？

前面好像有一个湖！

我沿着铺着石子的小路走到湖边，欣喜地看到湖边的椅子上坐着一个男生，就想走过去问路。

男生呆坐在那里，我只看得见他的侧脸。他下身穿着白色的休闲裤，上身搭配白色的T恤，一只手搭在椅子的扶手上，秋日的阳光落在他的眼角眉梢，落在他的身上，让他如同披着圣光的天使，闪闪发光……

我走了几步，竟然不敢再向前，生怕惊扰了他。

可就在这个时候，男生忽然站了起来，离开椅子走到了湖边。他低着头望着湖水看了半天后，又朝湖边走了一步，像是要跳下去……

“不要跳啊——”

我连忙大声喊道。

男生听到我的喊声停下了脚步。

我又接着劝解：“我不知道你为什么想不开，但是这个世界肯定还会有很多美好的东西是属于你的，你要为那些爱你的人想一想，如果你就这样离开了，他们肯定会为你难过的……”

“呵呵，这可不像是你会说的话。”

男生轻笑着转过头来。

看到他的脸，我有一瞬间的恍惚，他……他就是那个递给我纸巾的小男孩！虽然他跟荆明天一样不再是小孩子，长大变成了少年，五官也长开了，变得更英俊帅气，但我对他的印象太深刻，更何况对于我来说，我也只不过几天前才见过他，自然不会忘记他……

我猛然记起后妈给我看的那本相册里也有他的照片，只是每张照片他都习惯性地侧着脸，当时我只觉得他很熟悉，但并没有认出他来。

“是你？”

我张大嘴巴，惊讶地看着他。

他为什么会在这里？

对了，我遇见他时，他跟荆明天在一辆车上，两个人肯定有什么关系。等一下……我好像想起来了，后妈告诉过我，他叫宇文熙，是荆明天妈妈的哥哥的孩子，他的父母在一场空难中去世后，他就一直由荆家抚养长大……

“见到我有那么恐怖吗？”

宇文熙对我瞬息万变的表情产生了浓厚的兴趣，他挑了挑眉，慢慢地朝我走过来。他走到我的面前，俯下身来，跟我对视。

我被他的举动吓了一大跳，下意识地向后一退，踩在一块石头上，身体踉跄了一下，为了保持平衡，我顺手抓住了宇文熙的衣袖。

“哗啦——”

他的衣袖被我一扯，断裂了，顿时T恤变成了背心。

呜呜呜……

我怎么一直在闯祸呢？

宇文熙没有想到会发生这样的事，他平静的笑容变得僵硬又震惊。

我哭丧着脸，小心翼翼地将那被我撕下来的半截衣袖往他肩膀上挂，带着哭腔道歉：“对不起，我不是故意的……虽然你的衣服看上去很贵的样子，但你放心我一定会想办法重新买一件赔给你的……”

见我这样，宇文熙的表情变得更加震惊，他盯着我打量了半天后，忽然收起表情露出一个高深莫测的微笑。

他走到椅子旁坐下来，摆出一副悠闲的样子，指了指他身边的空位，朝我招了招手：“过来吧。”

呃？他要做什么？

我呆呆地看了看他，听话地走了过去。

“坐啊。”

他大方地拍了拍身边的位置。

什么？

他的意思是让我坐在他旁边吗？

幸福来得也太突然了。

我望了望他，半晌都不知道该不该坐下去。

宇文熙见我不动，干脆一拉将我拉到椅子上坐下。

啊！

我在内心尖叫起来。

从来没有跟男生靠这么近的我，现在竟然紧紧地跟宇文熙贴坐在一起，他离我那么近，我都能闻到他身上散发出来的淡淡香味，跟学校里那些只会打闹的小男孩身上大老远就能闻到的汗臭味完全不一样。

“你，你想干什么……”

我结巴起来，估计脸也涨红了。

“呵呵。”

宇文熙轻笑着，身体往右边挪动了一点，保持一个合适的距离，我悬着的心总算放了下来。

“咚，咚咚……”

宇文熙的手有一下没一下地敲着椅子，过了一会儿，他才用十分轻松的语气笑着问我：“包可心，你难道真的不想知道我的答案吗？”

“什么答案？”

我歪着头看着他，想也没想就问道。

问完后，我就后悔起来。听他跟我说的话，他应该跟可心，不，是跟失忆前的我认识，我和他之前可能还很熟悉，我现在表现得像是完全不认识他了，要是他怀疑起来就糟糕啦……

“装傻可不是你的风格。”

宇文熙也不生气，朝我绽放一个迷人的微笑，右手支在椅子扶手上，撑着脑袋眯了眯眼睛说道：“尽管已经过了好几个月，可你对我的告白，我可是每一句都记在心里。虽然你说不需要我同意，只要我知道你喜欢我就可以了，但我还是在苦恼到底要不要给你答案，毕竟我觉得现在情况不一样了……”

“轰隆——”

他的话犹如一颗重磅炸弹在我耳边炸开。

天啊！

我，我竟然跟他告白过？

怎么可能会发生这样的事情？

我连跟男生说一句话都觉得害羞，生怕他们会嘲笑我，怎么会那么大胆地跟男生告白啊？

我被吓得一愣一愣的，完全不知道该说什么。

宇文熙说完就饶有兴趣地靠在那里打量着我。

我好不容易回过神来，捧住滚热的脸颊，站起身来。

“对不起！”

我一边鞠躬，一边大声跟他道歉，然后转身就跑，只想快点逃到一个他看不到的地方。

呜呜……

我没脸见人了！

捂着脸一直跑了很久，直到撞上一面硬邦邦的肉墙。肉墙在我还没反应过来前就生气地喊道：“你跑什么？”

我拿开手，抬起头就看到荆明天皱着眉，满眼怒气地瞪着我。

“我，我……”

“我什么我？你当我们荆家是什么地方，谁允许你到处乱跑的？”

他一边说一边用一只手将我推开，还拍了拍衣服，好像我是什么细菌，玷污了他的身体似的。

“我只是迷路了。”

我撇撇嘴，委屈地说。

“迷路？”

荆明天一点也不相信我的话，冷笑着说：“不要装了，恐怕我家的布置你比我都要熟悉得多，你会迷路？”

虽然我反应迟钝了点，但还是听出了他话里的嘲讽意味。

他不喜欢我，甚至十分讨厌我。我有点不明白，我已经不再是原来那个小胖妹了，长得又甜美漂亮，以我从小就小心翼翼生怕惹别人生气的性格怎么会得罪了他，还让他那么讨厌我呢？

难道不管我变成什么样子都不讨人喜欢吗？就连宇文熙，刚才我都能感觉得出来，他对我充满了戒备和反感……

“那个……”我张了张嘴，忍不住地问道，“我可以问问你，你为什么这么讨厌我吗？我做过什么事让你不开心吗？”

荆明天愣了一下，他似乎没想到我会这么问。

问完后，我也有些后悔，这样问他会不会对我产生怀疑？后妈说我一定不能让他知道我失忆了，不然老爸的公司就没救了。

“哼。”

荆明天冷哼了一声，脸色惨白地看着我：“你做的每一件事都让我觉得恶心，我告诉你，迟早有一天我会把你赶出去的。”

然后他就转身走了，留下我一个人。

他竟然说我恶心？

难道我对他做了什么不好的事？

我的脑袋里闪过好多想法。

不会吧？我才不会对他做出什么奇怪的事呢，他那么凶巴巴的，我都不敢靠近他……

我站在原地发了一会儿呆，慢慢消化了他的话后，才惊醒过来大喊着追上去："喂，你等一下我啊，我找不到回去的路——"

4

幸亏忙完事情的江叔很快就找到了我，还给我安排了房间，房间自带书房和浴室。

把行李放好后，我不敢再乱跑，老老实实地待在房里，直到江叔来通知我到了吃晚饭的时间。

呃，餐桌上的气氛好压抑！

除了坐在首座的荆爷爷，还有荆明天的妈妈，她的对面空着一个座位，应该是荆明天父亲的位子，据说他主要负责海外市场的运营，很少在家，而且跟荆夫人的关系并不好，两人是商业联姻。

大家不说话，只专注地吃着饭。

饭菜并没有像我想象中的那样满是山珍海味、大鱼大肉，反而更多的是素菜，但都做得又精致又美味。

我低着头吃了几口后，肚子里的馋虫都跑了出来。

呜呜……

太好吃了！

忍不住夹了几筷子菜后，我发现有两道目光朝我看过来，分别是坐在我身边的荆明天和坐在我对面的宇文熙。

糟糕！

后妈这几天可是对我进行了严格的训练，她说可心吃饭都是按粒数的，每吃一口都要优雅地细细咀嚼再吞下去，菜更是不会多吃……

我猛地停下动作，艰难地咽下嘴里的菜。

"我吃饱了。"

我不情愿地将筷子放下来，眼睛还盯着桌子上的菜。

好可怕……

从刚才坐下来开始，我就不敢直视宇文熙，感觉只要看他一眼我就想钻到桌子下躲起来。

“呵呵。”

这时候，坐在我对面的宇文熙忽然笑了起来，把一张白色的纸巾递到我的跟前，指了指我的嘴角：“可心，擦一擦吧。”

嗯？

我下意识地伸手往自己的嘴角擦去。

“没事，我用手……”

说到一半，我就察觉到了大家惊奇的目光，马上反应过来，窘迫地接过纸巾，小声说道：“谢谢你。”

一直都没有说话的荆夫人冷冷地扫了我一眼说：“可心，你现在的身份不一样了，我希望你不要把那些不好的习惯带到荆家来，以后还是多注意一点自己的仪表。”

“是，是的。”

我一脸做错事的表情，头都快埋到腿上了。

好严格啊！

我不就是一个陪吃陪玩陪学习的小书童、小跟班吗，为什么对我的要求那么高？我还是喜欢以前想吃就吃、想怎么坐就怎么坐的日子……

面对这么多的美食，只能看不能吃，简直就是一种折磨，也是对它们的浪费，对美食的不尊重！

“母亲，她应该怎么样，我想我才是最有资格说话的那个人。”

一个声音插了进来。

呃？

我是不是听错了，荆明天竟然站在我这边，跟他妈妈呛声？他刚才不是还一脸嫌弃地看着我，身体都快挪到椅子的另一边去了吗？

我朝他望了一眼。

可荆明天见我看他，把头一甩，留给我一个霸气十足的侧脸。

这家伙……还真是猜不透呢！

不过，他的话一说出来，荆夫人的脸色就变得惨白："你……你不是自己也不满意。我知道，你这样就是为了跟我对着干，我知道你从小就跟我不亲，连小熙的万分之一都比不上……"

"那是因为，你的眼中只有宇文熙，我看他才是你的儿子。"

荆明天冷笑一声。

"你……"

荆夫人气得手都抖了起来，筷子掉在了桌上。

好奇怪哦！

为什么荆明天跟他妈妈的关系那么差呢？

一开始从座位的安排，我就隐隐感觉得出来，荆明天跟他妈妈很有距离感，就连跟他妈妈几次无意的对视，他都很快转移了视线……

两个人的矛盾焦点就是宇文熙吗？

我看了一眼宇文熙，他正优雅地吃着菜，好像这一切跟他并没有关系，他也没打算参与进去。

"好了，'食不言'这三个字你们不知道什么意思吗？"

荆爷爷发话才让两个人安静下来。

好诡异的家庭！

一餐饭吃得真是心惊胆战，在得到允许离席后，我迫不及待地跑回了自己的房间，免得又闯出什么祸。

可是，晚餐只吃了一点东西的我，半夜的时候被饿醒了。

"咕噜——"

我可怜兮兮地抚着自己的肚子。

真的有人只吃半碗饭再加几根菜叶子就能活下来吗？在我的记忆里，一个星期前我还是一个爱吃的胖妹啊！

晚餐吃的那些还不够我塞牙缝呢，怎么能不饿？

不如……

我记得二楼的拐角处好像有个专门做蛋糕的小厨房，还有冰箱（呵呵，我对储存食物的地方特别敏感，所以一下子就记住了），趁大家都睡着了，我去偷点……不，是拿点蛋糕、饼干来吃，应该不会被发现吧？

“吱呀！”

我小心翼翼地打开房门，往外面看了看。

一片死寂……

静悄悄的走廊上什么人都没有。

我这才蹑手蹑脚地沿着走廊边缘走到了小厨房，小厨房里有一个超大的烤箱，还有一台大冰箱，我径直打开了冰箱。

哇！好漂亮的奶油小蛋糕，一看就很好吃的样子！

我咽了咽口水，忍不住伸手把那个用樱桃装饰的奶油小蛋糕拿了出来，一口咬下去……

呜呜，入口即化。

“吧嗒吧嗒——”

就在我幸福得几乎流泪时，外面传来脚步声。

怎么办？

怎么办？

哎呀，我只能躲到桌子下面去了！

我钻到小厨房里唯一的餐桌下面，手里还拿着没吃完的小蛋糕，实在狼狈得要命，但偏偏桌子很小，根本容不下我躲藏。

“啊，吓死我了！”荆明天站在桌子前，抚着胸口，一脸惊吓地看着我，“你躲在桌子下面干什么？”

“我……”

我从桌子下抬起头来，跟他对望。

荆明天穿着一身褐色的睡衣，头发有点乱，厨房的灯光落在他的身上，他居高临下地看着我……

呃，好帅！

我差点流下口水来。

可是……为什么又是他啊？大半夜的不睡觉，难道也是起来偷蛋糕的？

对了，蛋糕……我连忙把手里的蛋糕往身后藏了藏，只可惜还是被荆明天看见了，他的眉头深深地锁起来。

“你不要告诉我，你深夜跑出来是为了偷吃奶油蛋糕？”

他的声音渐渐冷了下来，带着一丝怀疑：“你不是最讨厌吃奶油蛋糕吗？我记得上次我母亲生日，当时你装模作样地吃了一口，转身就吐了出来……”

啊，怎么可能？奶油蛋糕可是我的最爱，我怎么可能吐出来？奇怪了，难道人长大了连口味都变了那么多吗？

“我没有！”

我把蛋糕藏在身后，打算死不承认。

呜呜……后妈说，不能让他发现我失忆，我该怎么办？不行不行，我还是快点逃离这里，然后把蛋糕藏起来或者扔掉！

“砰！”

但是，我忘了自己躲在桌子下面，才想站起来逃跑，头就狠狠地撞到了桌子！

好痛啊……

我用手揉了揉脑袋，顾不了那么多，想继续跑，却又不小心踩到了奶油蛋糕上掉下来的奶油！

“小心——”

荆明天伸手过来想要扶住我。

“啊！”

我尖叫一声，在滑倒之前，手顺势抓住了荆明天的睡衣领子，他的头被我扯着朝我的脸靠过来。

然后，我们俩竟然嘴对着嘴亲上了！

救命啊！

我拼命瞪大眼睛，看到了荆明天比我睁得还要大的眼睛，还有震惊的表情……

“你……你的手往哪里抓呢？”

荆明天反应过来后，猛地推开了我，抹了抹嘴唇，气急败坏地指着我：“你是不是故意的？”

他干吗生气？生气的人应该是我才对！

“呜呜呜，电视里说女生的初吻很重要的，我都没有哭，你还骂我……”

我委屈又伤心地小声哭起来。

“你……”荆明天忽然脸一红，露出不高兴的表情，别扭地对着我喊道，“你哭什么？这才不是你的初吻！”

他说什么？

我停止哭泣，抬头莫名其妙地望着他。

可荆明天见我这么看他，瞪了我一眼，就生气地走了。

“你等一下……”

我追了上去，可荆明天把我当作洪水猛兽似的，把房门一关，将我挡在了他的卧室外面，怎么也不肯再理我。

看着紧闭的房门，我摸了摸脑袋。

他刚才的话究竟是什么意思呢？为什么他说那不是我的初吻？

难道……

反正我不明白！

找他打听好像也不太好，那……到底该怎么办呢？

唉，真是伤透脑筋了！

第二章 王子们的世界

1

宽阔的道路不断延伸，道路两边种着高大的梧桐树，阳光洒下来，落在马路上，我们的车就在路的尽头停了下来。

今天是开学的第一天，当然也是我失去记忆后第一次来学校。

金桂学院！

我兴奋地看着自己身上的校服，又望了一眼高大雄伟的校门，忍不住两眼放光地跟荆明天再次求证：“我们真的读的是金桂学院吗？”

从小周围的小朋友说起自己的愿望时，都会提到金桂学院，因为它是全国最好的学校，只要你成绩优秀，各方面能力突出，就能进金桂学院，它代表全国学生的最高荣誉，里面有许多在各个领域拿到国际奖项的学生……

“你都已经在金桂读了一年了，现在兴奋什么？”

荆明天扫了一眼脸上带着抑制不住的笑容的我，皱着眉头怀疑地打量我。

“我……”

我收起笑容，不知道该怎么回答他，想了半天才硬着头皮说：“能读金桂学院，就算过了一年了我也很开心！”

说完，我故意翻了一个大白眼，强作镇定地扭过头不看他。

既然后妈说包可心在大家印象中是位骄傲的千金小姐，我这么说话应该没有问题吧？

“哼。”

荆明天发出冷哼声，也没有再怀疑我，而是大踏步地往校园内走去："按照以前达成的共识，在学校里，我们最好不要见面。"

我什么时候跟他达成这个共识的？

不跟他见面，我巴不得，可是——

"喂，你等等我！"

我紧追着荆明天跑过去。

金桂学院校风严谨，不管你是什么身份，都不能坐车进学校，所以所有学生在校园外就得下车步行。可是后妈只告诉我就读的是哪个班级，却没告诉我教室在哪里，所以我只能找荆明天问了。

可荆明天听到我的喊声却走得越来越快，明显就不想让我追上他。眼看着他就要甩掉我，我也跟着加快了脚步……

"喂，荆明天——"

就在这个时候，忽然有一个人从旁边的小路走出来，挡在了我面前。

我往左，他也往左。

我往右，他也往右。

"同学，麻烦你让一让，好吗？"

眼睁睁地看着荆明天就要消失在我的视线里，我急得像热锅上的蚂蚁，可眼前的人好像跟我杠上了似的，就是不让开。

我把视线从荆明天那里拉回来，怒视着他："同学，你是故意的吧？"

白皙如瓷的肌肤、黑色深邃的眼睛、红如樱桃的嘴唇，五官长得像女生一样漂亮，但脸部轮廓却有着男生独有的帅气，眼角的眼线让他显得邪魅冷酷，褐色的短发留了一小撮扎在头顶，小孩子装扮的苹果头发型在他身上并不显得幼稚，反倒增添了一丝可爱……

不过，他为什么要挡住我的去路呢？

"没错啊，我就是故意的。"

他朝我幼稚地笑起来，双手叉腰挡在我面前："你这个臭丫头，在我面前那么嚣张，现在却像个跟屁虫一样跟着荆明天。我告诉你，我这次来就是为了让你……"

"你认识我？"

他又是什么人？

我不由得打断了他。看他说话的表情，恨不得把我嚼碎了吞下去，我实在是觉得一个头两个大，我长大后就那么惹人厌吗？

听我这么问，眼前的男生愣了一下，随即马上生气地朝我喊道："包可心，你竟然想装作不认识我？"

"我跟你应该不是朋友吧？"

我小心翼翼地问。

"当然！"

他咬着牙，硬邦邦地回答。

"那我们是……"

就在我要向他套话，问清楚时，却看到宇文熙的身影出现在前面不远处，我连忙丢下他朝宇文熙跑去。

"有什么事以后再说啦！"

我一边跑，一边对着他挥了挥手。

男生没想到我会就那样丢下他跑掉，站在原地愣了好一会儿，才冲着我的背影大声叫嚣着："包可心，你等着，我一定不会让你好过的——"

他的喊声让我觉得背后一阵发凉。

这家伙……

我到底跟他有什么深仇大恨呢？

我并没有追上宇文熙，就在我垂头丧气的时候，却碰到了另一个女生。

女生拥有一头清爽的短发，大眼睛高鼻梁尖下巴，身材姣好，典型的校花型美女，笑起来的时候特别迷人。

她跟我十分熟络的感觉，一见到我就拉住了我的手：“可心，听说你从楼梯上摔下来，头被碰伤了，现在好点了吗？”

“好多了，谢谢。”

我对她非常有好感，连忙笑着跟她道谢。

听到我说谢谢，她不敢相信地愣住了，不过也只是一下子，她就又亲切地拉住我问东问西，但基本都在问我去了荆家后的情况。

我以为她只是关心我，也没有在意，有什么说什么——当然除了我失忆这件事。

“那你还当我是好朋友吗？”

她试探着问。

“啊？”

我不明所以地看着她。

看她对我这么亲切，我跟她难道不是好朋友吗？

见我盯着她，她有点心虚地挪开目光，小声地说：“我的意思是说，你也知道荆家选书童的过程中，我们产生了一点误会，我并不是有意想要跟你争的，那是我爸妈在背后安排的，我也并不知道……”

“你是柳心？”

我总算知道她是谁了。

后妈说过，之前荆家选定的书童候选人里，还有柳心是热门人选，只不过她最后没有通过，荆爷爷并不喜欢她……说白了，不就是个陪吃陪喝陪读的贴身女仆，这些人搞这么大阵仗干吗？要不是为了老爸，我才不要跟那个面瘫脸臭脾气的荆明天待在一起呢！

“可心，你这是什么意思？你怎么好像不认识我了？”

柳心对我的问题感到十分奇怪。

“哈哈哈，我开玩笑的。”

我撇了撇嘴，不在乎地反握住她的手说：“你当然是我的好朋友啦，我才不会因

为这种事生气呢！”

“那就好。”

她还是用奇怪的眼神看了我几眼，又拉了拉我说：“我们快去教室吧，马上就要上第一节课了。”

我的运气真是太好了！刚才还担心找不到教室呢，现在我不但多了一个好朋友，还可以顺顺利利、安安心心地去教室了！

柳心带着我来到教室。

一路走来，我发现了问题，迎面走来的同学看到我都会露出一副讨厌又害怕的表情，没有人敢朝我走近，大家都远远地看着我。

大部分女生看到我后，都会暗地里指指点点，叽叽喳喳地说些什么，但只要我朝她们看过去，她们就会害怕地停止议论。

我在学校好像不怎么受欢迎啊！这跟后妈告诉我的大相径庭，她不是说我在学校很受同学们喜爱，还是学生会文娱部的部长，身兼多个社团职务，成绩优秀，能力又强，大家都很喜欢我吗？

可我看到的现实，却完全相反啊……

“可心，你的座位在这里啊，你干吗往后面走？”

柳心喊住我。

啊，这下可糟了！

我只想着失忆以前的事，那时候我长得胖，老是被同学投诉我挡着他们的视线，所以老师总把我安排到最后一排，我都习惯了……而且后妈在短短几天里教了我那么多东西，就是忘了告诉我我的座位在哪里。

刚才我又在想东想西，不由得失了神。

我停下来，转过身看了看疑惑的柳心，又看了看她身边的座位。

“过了一个暑假，我都，都快忘记了……”

我结结巴巴地说着，心虚地走过去，刚要放下书包，就听见柳心又喊道：“不是

这里，这是我的座位，你坐在我前面。”

“啊，对不起。”

我低着头，默默地把书包又拿到前面。

柳心的目光一直在我身上扫来扫去，看得我心惊胆战，生怕她看出什么来，万一她知道我失忆了怎么办……

“可心，你怎么回事啊？是不是昨天你在明家发生了什么，让你今天一直心不在焉，连座位都坐错了？”

她忽然朝我凑过来，神秘地看了看我，装作心知肚明地说：“我知道明天哥哥他不喜欢你，他是不是又骂了你？他也太过分了，不喜欢你也不能老是针对你呀，是荆爷爷选了你，你也是没办法……”

柳心的声音不大不小，恰好能让身边几个爱说闲话的女生听清楚，几个人交换了一下眼神后，都朝我露出嘲讽的笑容。

“听到了吧？我就说她是内定的，荆明天讨厌她可是全校皆知的。”

“就她那副不可一世的高傲劲，我们家‘冰雪会长’怎么可能喜欢她！没有人配得上他，他可是我们心中不可玷污的男神！”

“她还以为自己真的漂亮到谁都喜欢她呢，这边抓着会长，那边又跟宇文熙不清不楚的，可偏偏两边都不理她，看她嘚瑟……”

……

她们交头接耳，虽然说得很小声，但我还是一字不漏地听到了，也许她们就是故意让我听到的。

我并不想跟她们吵架，低着头不说话，心里很憋屈，很难过。

从小到大我以为是因为我长得胖，所以才没有人喜欢我，我总幻想着自己变瘦变漂亮了，会有人跟我做朋友，可现实是……

为什么她们不喜欢我呢？

“对不起，可心，我好像说了不该说的话。”

柳心的话打断了我的思绪，她一脸歉意地看着我，又敲了敲对面女生的桌子，提醒她们："莉娜，拜托你们不要再说了，可心她会生气的。"

可她这么一说，那几个女生更来劲了。

"有些人仗着自己跟荆家的关系，还不让人说话了，真是好笑。"

那个叫莉娜的女生白了我一眼后，像是顾忌什么，连忙拉起身边的两个女生："走吧，我们出去说，免得有人听到了不高兴。"

说完，三个人就站起来，走出了教室。

"我没有生气，你们……"

我反应过来，想喊住她们。

咦？

我刚才从头到尾一句话都没有说，话全被柳心一个人说完了，结果却被她们扣了一顶容易生气的帽子。

这个柳心真的是我的朋友吗？她这么说话，不但没有帮到我，反而会让别人更讨厌我吧？

不，不会的，她对我那么关心，一开始还担心我因为荆家的事情生她的气，她应该很在乎我，也许她只是不太会说话吧……

"可心，别去追她们了，你跟她们说不清楚的。"

柳心拉住我的手，疑惑地又扫了我几眼："奇怪，要是在平时，你早就几句狠话把她们打发掉了，今天怎么……"

"我以前是不是很坏？"

我觉得很委屈，急于知道答案。

为什么我睡了一觉醒过来，变成了漂亮的千金小姐，却还被这么多人讨厌？

她们看我的眼神又是害怕又是厌恶，暗地里讽刺我，难道以前我对大家做了什么坏事？

"这个……"

柳心愣了一下，可能没想到我会这么问，她尴尬地摸了摸鼻子，带着疑惑反问道："可心，你怎么忽然这么问我？你说的以前是……"

啊啊啊！我怎么这么笨呢，我不能在柳心面前这么说，她会看出我失忆了的……

"丁零零——"

幸好这时上课铃响起了。

"我就是随口说说，没什么啦……"

"是吗？"

柳心也没有再问我，带着疑问坐回自己的座位上。

我看了看身边的空座位，心里又是一阵难过。以前没有人愿意跟我坐，至少还有阿宝愿意做我的同桌，可现在……

"哇！好帅啊！"

"天啊，我早就听说今天有转学生来，没想到是白子浩！"

"你认识他？"

"你也太孤陋寡闻了吧，白子浩你都不认识？金桂市最火的地下乐队FIRE组合的主唱，网络上那首《初心似我》就是他作词作曲的，又帅又会写歌……"

……

大家激动地喊叫声，把我从悲伤中拉了出来。

2

他不就是刚才拦住我的那个漂亮男生吗？

我目瞪口呆地看着他走上讲台，只见他一直用犀利的目光盯着我，老师让他做自我介绍，他也没有反应。

"白子浩同学？"老师尴尬地看了看大家，又重新说了一次，"请你给同学们做下自我介绍，作为樱花男校的王牌学生，你为什么会选择转学到金桂学院来？"

樱花男校？

那可是金桂市唯一一所跟金桂学院齐名的学校，只可惜它是男校，只招收男生。

“我转学到金桂学院来，是为了一个很重要的人……”

白子浩眯了眯眼睛，目光炯炯地朝我这边看过来，看得我胆战心惊，只听他继续说道：“那个人曾经跟我说，摇滚乐是上不了台面的音乐，只有我这种学艺不精的三教九流之辈才会喜欢摇滚乐，并且狠狠地给了我一耳光。这一耳光真是让我记忆深刻，刻骨铭心，当时我就想，如果有机会我一定会让她……”

呼呼——

一阵阴冷的风朝我刮过来，我不由得打了个冷战。

他说的那个人该不会是我吧？

我想起之前他说的话——

“没错啊，我就是故意的。”

“你这个臭丫头，在我面前那么嚣张，现在却像个跟屁虫一样跟着荆明天。我告诉你，我这次来就是为了让你……”

“包可心，你竟然想装作不认识我？”

……

怪不得他会拦住我，跟我说那样的话，原来我竟然打过他一耳光？

我低头看了看自己的手掌，不敢相信地又抬起头看了看讲台上满眼怒火的白子浩。

包可心啊包可心，你到底是得罪过多少人啊？

唉！

我现在总算知道了，失去记忆前我到底是个多么厉害的人，因为换作是小胖妹时期的我，我恐怕话都不敢大声跟别人说，更别提打别人一耳光了！

教室里的气氛变得十分尴尬。

老师见白子浩越讲越离谱，马上尴尬地打断了他：“白子浩同学，自我介绍就到这里吧，第一节课快要开始了，你先下去找个位子坐好……”

“我可以自己选吗？”

他没等老师回答，就径自走下讲台。

班上的女同学这才回过神来，纷纷朝白子浩看过去，恨不得把自己的同桌推开，让他坐到自己身边。

不要过来！

不要过来！

我默默把头低下去，在心中祈祷他不要选择我。

但是天不遂人愿，白子浩一步步地走到我身边的空位旁，一屁股坐了下来，坐下来之后还故意示威般敲了敲我的桌子。

“你好啊，同桌！”

他的声音里带着一丝得意。

“你，你好……”

我不得不抬起头来，朝他咧开嘴不好意思地笑了笑，然后朝他低头小幅度地鞠了一躬，小声地说：“白子浩同学，真的很对不起。”

“你……”

白子浩没想到我会道歉，惊讶地张大嘴巴，呆愣了半天，才不确定地问道：“你在跟我道歉？”

“那个……”我挠了挠头，面露难色地说，“虽然我不知道我们之间发生了什么冲突，但打了你一耳光的事情，我真的很抱歉，当时我肯定不是故意的，你不要放在心上……”

“不知道发生了什么？”

白子浩听了我的话，脸上的表情顿时千变万化，然后他鼓起腮帮子，瞪着我生气地说：“我就是放在心上了，你不要以为装作什么都没有发生就想蒙混过去，我白子浩就是这么小气的人，我不会放过你的！”

说完，他气呼呼地转过头去，不再理我。

“我不是这个意思，我是真的不记得了……”

我想要跟他解释，可是白子浩哪里会听，他根本连看都不看我一眼，我也只能快快地闭上嘴巴。

其实——

我跟他解释也没有用啊，我又不能跟他说我失忆了，说再多他也觉得我没有诚意，是在敷衍他，而且看他充满怨恨的表情，就算我跟他说我失忆了，说不定他也觉得我是在撒谎……

算了！

我还是躲着他好了，就像以前躲着隔壁班的小虎一样！

然而，白子浩才不会就这么算了，他见我躲着他，心底的恶作剧欲望更强烈，总是想着幼稚的法子欺负我。

第二节课，他就往我桌子里放了几只仿真蜘蛛，吓得我在课堂上大喊大叫，在我被老师批评的时候，他却把蜘蛛拿走，让我连跟老师申诉的机会都没有。

第三节课，他把我的数学课本拿走，丢到了垃圾堆里，害得我没有课本上课，被老师罚站了一节课。

第四节课，他倒是安静了一节课，但是快要下课时，趁老师叫我起来回答问题，他把我的椅子移开，结果我一屁股坐空，当着全班的面出了丑……

就这样一直持续到放学，一听到铃声我如获大赦，恨不得赶快回去，躲开这个小恶魔。

我匆匆地收拾了一下书包，就冲出了教室。

千万不要跟上来！

我在心里祈祷着，脚步也跟着加快。荆家的车就停在校门口，只要我赶快跑过去，就可以摆脱白子浩……

“喂，你的东西掉了！”

一个声音在我身后响起。

我下意识地回过头去，却看到白子浩站在我身后的草坪上，手里拿着一根水管，对着我咧嘴一笑。

他要干什么？

我的后背一阵发凉。

“哗——”

我还没来得及跑开，他就打开了龙头，对着我喷水。

他压着水管的一头，水像机关枪一样直朝我射过来，我哪里躲得开，被喷得像落汤鸡一样狼狈。

“白子浩，你不要这样啊……”

“求求你了，放过我吧！”

……

我大声的哀求只让白子浩停了一下，看着我拼命地拨开湿透的长发，他的脸色忽然变得煞白，又对着我喷起水来。

“救命——”

围观的同学越聚越多，却没有一个人来帮我。他们只是站在那里，看好戏似的对着我指指点点，有几个女同学还笑了起来。迷蒙中我还看到了柳心，但她只是在人群里看了我一眼，就转身走了。

就在我绝望不已时，水停了下来。

“哗哗哗——”

一根水管冲着白子浩不停地喷起水来。

我撩开湿漉漉的刘海儿，看见宇文熙晚起白色校服衬衣的袖子，拿着一根水管正对着白子浩。

白子浩想要反击，可宇文熙站在开关边，把他那根水管的开关关了。

“宇文熙，你干什么？”

白子浩被水喷得连连后退，不敢相信地嚷嚷着：“你怎么会帮她？你该不会真的

对她……”后面的话没说完，他就被灌了一嘴的水，他只好闭嘴，试着想要走近几步反击，却被喷得更惨。

围观的人都惊呆了。

“大家快散开吧！”

宇文熙忽然拿起水管朝四周喷了几下，笑着说道：“园丁里叔让我代他给花草浇水，我不小心喷到你们就抱歉了！”

他这么一说，会意过来的同学们只好纷纷散开。

白子浩见宇文熙移开了水管，想过去抢，却被宇文熙发觉了，他把水管移了回来，对着白子浩继续喷。

“宇文熙，你够了！”

白子浩被喷得发火了。

“好了，好了！”我看到白子浩全身都湿透了，一副可怜巴巴的模样，赶紧过去拦住宇文熙，“你别喷他了，他会感冒的……”

宇文熙这才放下水管，意味深长地看了我一眼，笑着说：“怎么？我们的可心小姐什么时候也会关心人了？还是个欺负了你的人。”

“我……”

我一时无语应对，只能尴尬地挠了挠湿透的头发。

宇文熙好像也没想要得到我的回答，他耸了耸肩，拿下挂在脖子上的运动毛巾，往我头上盖过来。

我感觉眼前一黑，然后耳边传来他的声音：“包可心，你这样还挺有趣的。”

宇文熙温柔地给我擦起头发来，毛巾在我的头顶摩挲，发出轻微的声响，跟他的呼吸声混在一起，弄得我心里痒痒的。我眼角的余光瞟到了旁边的网球场，心想他大概是运动的时候，刚好看到我被欺负，所以才站出来帮我的……

可是，他为什么要帮我呢？

难道……

一想到我曾经跟他告白过，我的脸就变得滚烫，连耳根都烧得厉害。说起来我记忆里的他也是这么温柔，让我第一眼看到他就……

喂喂喂——包可心，你在想什么呢？

就在我胡思乱想的时候，白子浩早就按捺不住了。

“宇文熙，你跟我说清楚，你到底是什么意思？你这是要站在她那一边吗？”

白子浩浑身湿淋淋地站在风中，怒气冲冲地问。他朝我们走过来，伸出拳头对着宇文熙挥过来。

“啊——”

我感觉自己被宇文熙搂住，腾空旋转了一圈才落下来，我们就这样轻松地躲过了白子浩的袭击。

白子浩不甘心，又要挥出第二拳。

“不要再闹了！”

一个冷冷的声音插了进来。

白子浩的第二拳被一只手抓住，害他又一次扑了个空。

我和宇文熙同时转过头。

荆明天站在我们三个人中间，正用冷冷的眼神看着我，他甩开白子浩的拳头，对着我说：“我在车上等了你那么久，你倒好，在这里很开心嘛……”

他哪只眼睛看到我很开心了？

“我一放学就收拾书包往校门口赶，可是白子浩他……”

我撇撇嘴，委屈地解释。

“你在车上？”宇文熙忽然笑着打断了我，气定神闲地继续帮我擦头发，嘴里说，“我可是看见你站在那边看了很久的热闹了。你不出手帮她，也不要说这样的风凉话……”

什么？荆明天刚才就站在远处看着我们？

我怎么不知道？

不知道为什么，听到宇文熙这么说，我的心里竟然涌出一丝小小的失望。

奇怪，我怎么会有这样的感觉呢？

我不是早就知道荆明天讨厌我，从我失去记忆醒过来的第一天开始，他可从来没有给过我好脸色看……

“不关你的事。”

荆明天气呼呼地一把从宇文熙身边将我拽过去，拉住我的手就走：“不要在这里磨磨蹭蹭的，快去换衣服跟我回去！”

“我……我还没跟宇文熙说谢谢！”

我挣扎着，回头往身后看。

宇文熙拿着毛巾的手还停在半空中，他无所谓地朝我笑了笑，用嘴型跟我说：“不用谢。”

而白子浩好半天才回过神，气呼呼地在我们身后喊道：“喂，荆明天，你当我是空气吗？你都没有跟我打招呼！”

呃……

这家伙会不会弄错了重点？

3

从更衣室换好衣服，我们准备回荆家。

回家的路上，荆明天全程都黑着脸。我只能靠着车门坐着，离他远远的，免得又被他的怒气波及，被骂得狗血淋头。

说实话，委屈的那个人应该是我，我也不明白他在生什么气。

莫名其妙地被那个叫白子浩的家伙欺负，我甚至都想不起来我到底哪里得罪了他，知道的也只有他说的我打过他一耳光……我低头看了看手，连我自己都不相信，有一天我竟然会打别人耳光，而不是被别人打。

“你跟白子浩又是怎么回事？你们怎么会认识？”

荆明天冰冷的声音将我从发呆中惊醒，我猛地抬起头看过去，发现他正用一种奇怪的眼神盯着我。

我也不知道啊！

“我……”

我不敢直视他的眼睛，紧张地低下头，想了半天才嗫嚅着说道：“我以前好像打过他一耳光，他转到我们学校，应该是来找我算账的……”

车子里又恢复死寂。

荆明天没有说话，这种气氛下，我连大气都不敢喘。

“哼，打别人一耳光，还真像你做的事。”

等了半天，荆明天终于说话了，他用带着嘲讽的口气冷笑着问我：“以你的性格，绝对不会让他那么欺负，怎么不再扇他耳光？还是……”

他停了一下。

我感到周围的空气都冷了下来。

他眼神凌厉，带着山雨欲来的怒气：“你想假装柔弱，让宇文熙来保护你？”

呃……

他的话是什么意思？

原来他那么生气，是怀疑我故意装得很柔弱，任白子浩来欺负我，这样就能让宇文熙站出来保护我？

为什么他老是误解我，我以前跟他之间究竟发生过什么事，让他对我的印象这么糟糕？

“我，我没有，你别这么说我……”

我一边摇头，一边想要辩解，委屈得眼泪都要掉下来了。

可荆明天不给我机会，马上就打断了我：“恭喜你，你装得还挺成功的，我看宇文熙今天看你的眼神可不一样，你可要抓紧时间，回去再找他装一会儿。”

……

呜呜，我一句话都没有说，全让他说完了！

难道他也知道我跟宇文熙告白过？即使我跟宇文熙告白又关他什么事，他干吗一副很生气的样子，好像我欠了他几百万似的……

“回去把你那头发吹干，看着就烦！”

在我低着头难过的时候，荆明天忽然又开口对着我大声吼道。

虽然他凶巴巴的，但我知道他是在关心我，本来还在委屈的我心里感到一丝暖意，连忙说道：“已经快干了，宇文熙他给我擦……”

呃！

他的脸色一下子又难看起来！

我果然不适合多说话，多说多错……

这时，车子已经开进荆家大门，江叔等在门口，走过来拉开车门。

“少爷，你们俩这是怎么了？”

见气氛不对，他随口问道。

“没什么。”

荆明天敛了神色，将手中的外套交给江叔后，突然对他说道：“可心跟我说她今天没有什么食欲，你叫厨房不要准备她那份晚餐了，免得浪费。”

“好的。”

江叔看了看我，犹豫了一下回答道。

啊啊啊！

什么叫我没有食欲？

他这不是明摆着公报私仇，打算不给我饭吃，未免也做得太过分了！

不管他再冷嘲热讽，再给我甩脸色我都可以忍，但我最不能忍受的就是没有吃的，饿肚子的感觉比杀了我都要难受。世界上怎么有这么厚颜无耻的家伙，是可忍，孰不可忍！

我握紧了拳头，叫住正要走的江叔：“等一下，江叔，我的食欲好……”

大义凛然的我才喊出口，就被荆明天冷冷扫过来的目光冻住了——好可怕，比晚上做的噩梦都要可怕。

还是算了吧！

江叔转过身来，询问道："可心小姐，你想说什么？"

"我，我就是想跟你说，你每天都那么累，晚上多吃点饭……"我咽了咽口水，舔着嘴唇闷闷地说道。

呜呜，我的晚饭就这么泡汤了。

包可心，你还是那个胆小鬼，没有一点出息，只不过是一个眼神你就妥协了，怪不得老是被人欺负呢！

江叔愣了一下才回过神来，说了一声"谢谢"。

"哼。"

荆明天从鼻子里发出一声冷哼，高傲地朝屋里走去。

我垂头丧气地回了房间。

由于江叔的刻意安排，我后来才发现我的房间就在荆明天的斜对面，二楼的东边只有两个房间，也就是说，这里只有我和他。

晚饭时间很快就到了。

我清晰地听到了对面关门的声音，还有荆明天的鞋子踩在木地板上发出的响声。

他是故意的！

荆家的拖鞋都是棉麻底料，走在地板上很难发出声响，而今天他偏偏穿了一双木屐，不就是为了告诉我，他要去吃饭了……

而可怜的我，也不知道哪里得罪了他，被罚没有饭吃！

变态！

冷血！

没有人性的大恶魔！

在心里骂了荆明天好久，我总算觉得舒坦了些。反正也没有饭吃了，我干脆把作

业拿出来写。

金桂学院的课后作业布置得不多也不少。

可我的记忆停留在小学水平，哪里知道作业该怎么写，于是只能打电话向后妈求助。而后妈早就帮我想好了对策：我把作业拍照从网上传过去给她，她找人帮我做好，我再抄写下来就行。

想一想，后妈还真是个厉害的角色！

抄写完作业，两个小时过去了。

“咕噜——”

我的肚子发出了抗议的叫声。

想了想，我壮着胆子，故技重施跑到小厨房，打算再偷点蛋糕、点心垫下肚子，结果打开门后，发现里面空空如也。

“包小姐，你在找什么吗？”

江叔悄无声息地出现在我身后，把我吓了一跳。

“没，没有。”我心虚地连连摇头，什么都没想就说，“我，我走错地方了。”

说完，我头也不回地赶紧逃跑。

“呼呼——”

我气喘吁吁地跑到了院子里。

静下心来后，我猛拍了一下脑袋，后悔起来：包可心，你跑什么跑，你应该老实地跟江叔交代，你有点饿想找吃的啊，他又不是荆明天。

呜呜呜……

好饿啊！

我摸了摸瘪下去的肚子，心里难受极了。

以前家里虽然没有钱，但老爸从来都不会饿着我，还变着法子给我做好吃的。我真的好想老爸，好想回到以前的日子……

变成千金小姐又有什么用，还要饿肚子！

“喵！喵喵！”

猫咪的叫声传来，吓了我一大跳。

我抹了抹眼角的泪，站起来朝四周看了看，在前面的灌木丛下发现了一只白色的小猫，它好像被困住了，躺在那里不能动弹。

好可爱的小猫呀！

我走过去，将它抱了起来。

“喵——”

小猫的小脑袋往我的怀里蹭了一下。

我这才看到它的腿被一只大夹子夹住了，像是那种抓老鼠的夹子，腿上还流着血。

“小猫你别动，我帮你取下来。”

我小心翼翼地伸手过去，弄了好久才把夹子取下来，这期间小猫好像听懂了我的话，一直坚强地忍住，都没有叫唤一声。

“你真勇敢。”

把夹子丢到一边后，我摸了摸小猫的头，它才小声地朝我叫了一声，这一声引出另一个声音来。

“谁在那里？”

竟然是荆明天！

他跑到这里来干什么？难道是来找我的？

不过，我可不想见到他，剥夺我吃饭的权利比一天到晚给我脸色看还要过分。而且我记得他是个不喜欢小动物又没有爱心的人，前两天家里的用人想要收留一只流浪狗，却被他教训了一顿，让人丢了出去。

我看了看手中的小猫，决定抱着它躲起来。

于是，我低着头，钻进了灌木丛里。而小猫也很听话，在我怀里安静地躺着，不再发出声音。

我听到脚步声变轻，就在我以为荆明天已经离开的时候，他却大声吼道："包可心，你躲在草堆里孵蛋吗？还不出来！"

哼！

这家伙是有透视眼吗？

"你怎么知道是我？"我不甘心地抱着猫咪从灌木丛里钻出来，身上还带着许多枯枝烂叶，十分狼狈。

"这个时候跑到这里来的，除了你还会有谁？"

荆明天居高临下冷冷地瞥了我一眼。

"可是，我平常这个时候明明都是在房间里的呀……"我歪着脑袋看他，对他说的话表示怀疑。

该不会他刚刚是跟着我从屋里跑出来的吧？

"我说是就是。"

荆明天别扭地瞪了我一眼，忽然瞟到我手中的小猫，露出震惊的表情："你怎么能把猫抱在怀里？"

"它的腿被夹子夹住受了伤，我刚帮它把夹子取……"

我生怕荆明天骂我，就把小猫抱起来，给他看伤痕，想激发他的同情心，可是我的话马上就被他打断了。

"快把它放下。"

荆明天急了，对我吼道。

"可是……"

我被他的大声叫喊吓到，眼眶莫名地酸涩起来，泪珠在眼眶里打转，就要哭出来："猫咪它受伤了。"

他真的一点同情心都没有吗？

想到前两天那只被他赶出家门的流浪狗，我怎么都不愿意把小猫放下来，那只流浪狗还好，至少身体没有受伤，走出去也许还会被其他好心人收养，可我手中这只小猫已经受了伤，万一没有人收治……

“你不是对动物皮毛过敏，从来都不抱它们的吗？”

荆明天说着就抢过了我手中的小猫。

“过敏？”

我含着眼泪往自己手上看去，一开始觉得痒，我并没有在意，现在才发现上面长满了一块又一块红色小疙瘩，并且感觉又痒又疼……

忽然，我想起来小时候养过一只小狗，后来经常皮肤红肿，甚至严重到呼吸困难，老爸带我去打过针，医生说我对动物皮毛过敏，再后来老爸就把小狗送给别人养了，我还哭了好几天呢。

不过，我当时还小，并不知道什么叫过敏，只知道老爸不准我跟小动物接触，偷偷地摸了小猫小狗回家去，还不敢告诉老爸……

我伸手要去挠手上的小疙瘩，却被荆明天拦住。

“不准挠！”

他责备地看着我。

“好痒……”

我可怜巴巴地看着他，又指着地上抬着头向我求救的小猫：“小猫的腿还要包扎，我只抱了一下它，应该没事……”

话没说完，我就觉得胸口闷闷的，脑袋也有些晕。

“自己都这样了，还担心一只猫。”

荆明天发现我不对劲，将我一把抱了起来，又皱着眉，低头看了一眼地上的小猫：“等下我会叫江叔来把猫带去宠物医院治疗。”

说完，他抱着我就走。

“你要带我去哪里？”

我抓住他的衣袖，小声地问。

本来我还没感觉，一抬手才发现自己全身无力，呼吸困难，全身都在发热，好像

随时要晕过去。

“当然是去医院。”

他没好气地回答我，越走越急。

去医院？

不能去，绝对不能去！

我的脑袋里一团乱，只想着万一去了医院，那些乱七八糟的医学设备不小心诊断出我失忆了该怎么办。

“不要，我不要去医院。”

我紧紧地抓住他的衣袖，试图从他怀里挣脱出来。

见我不停挣扎，荆明天无奈地把我放下来，不过显然他的心中充满了怒气，他对着我吼道：“你为什么不去医院？”

“我，我……”

我全身都不舒服，被他一吼眼泪就忍不住往下掉：“我不喜欢医院，我就是不想去医院，我讨厌医院的味道……”

其实，我并没有说谎。

妈妈去世前在医院里躺了很久，但最后医院还是没治好她的病，当看到白色的布盖在她身上时，当我喊她却再也得不到回应时，我就下意识地对那个满是消毒水味道的地方充满厌恶……

“不喜欢就不去，哭什么？”

可能是我的情真意切、满脸泪水打动了荆明天，他抿了抿嘴，说：“我去让江叔把唐医生叫来，至少要打过敏针，吃一些药……”

咦？

这家伙今天竟然顺着我，太阳明天该不会从西边出来吧？

“嗯。”

我得偿所愿，赶紧点头。

“啊——”

忽然，我又被他抱了起来。

荆明天什么话都没说，抱着我往屋里走。

“谢谢。”

我靠在他怀中，小声地说。

“你不要多想。”荆明天看看我，故意用冷硬的口气说，“我就是怕你死在荆家，不然我才不会碰你一下，你这个麻烦精！”

我抬起头望着他。

尽管说着讨厌的话，但我知道，此刻的他正关心着我。

他竟然也有如此温柔的时候！

银色的月光落下来，洒在他线条完美的侧脸上，微风拂过他的面颊，将他额前的刘海儿吹了起来，他比我第一次见他时更加帅气。

“扑通扑通！”

“扑通扑通！”

这是我的心跳声还是他的，我已经分不清楚了。

我在心里想，也许就这么让他抱着走下去，这条路永远都没有终点，好像也不错……

4

三天后。

今晚，荆家要在家里举行一场非正式的晚宴。

据说每个月荆家都会举办这种形式的晚宴，出席晚宴的大多都是荆家的近亲好友，也有生意场上的重要伙伴。

我也要参加。

虽然我不知道作为一个书童，我为什么要参加这种晚宴，但江叔拿来晚礼服的时

候，我还是高兴得合不拢嘴，把这个问题抛到了脑后。

“可心小姐，你的身材可真好呀，腰这么细……”

“这件裙子真的好适合你，怪不得那个脾气古怪的著名设计师都想要你做他的模特，你穿上实在太美了……”

“我从来没见过跟你一样漂亮的女生，我看那柳家小姐长得也不如你，所以老爷才选中你的吧？”

……

我穿着设计精美的白色蕾丝礼服裙，站在镜子前发呆。

天啊！

我觉得自己好像在做梦一样，按我的记忆算起来，一个多星期前我还是一个又矮又肥的胖妹，每天活在大家的嘲笑和自己的自卑中，可一觉醒来，我不但变成了名副其实的千金小姐，还变得又瘦又漂亮……

以前我的身材可是塞都塞不进这条华丽的裙子里，也不敢想象自己有一天能穿上这么精致美丽，只有公主才配穿的裙子……

“少爷——”

给我穿好裙子的女仆们忽然都惊讶地看着身后，齐声喊道。

我转过身去，正好跟荆明天四目相对。

我看到他先是露出震惊的目光，然后马上凶巴巴地皱眉说：“换个衣服这么久，爷爷在楼下等着我们，你再打扮也就这个样子了，快一点！”

“不好看吗？”

我失望地低下头，拉了拉裙子。

可能是从小自卑惯了，听到荆明天的评价，刚才还被自己惊艳到的我忽然也觉得有点高估自己了，也许就像他说的，我再怎么打扮也成不了千金小姐……

“裙子出自著名设计师之手，谁穿都会好看。”

见我低头沮丧不已，明天改口说道。

“真的吗？”

我惊喜地抬起头，像是他表扬的不是裙子，而是穿着裙子的我，他肯这么说已经让我很满足了。

“快点。”

荆明天尴尬地转身往外走。

身边的女仆帮我系好裙子后的带子，我马上小跑着追上荆明天，还跑到了他的前面，却被他一把抓了回来。

他不说话，只是朝我抬了抬胳膊。

“怎么了？”我歪了歪脑袋，不明白他的举动，“你的胳膊有什么问题吗？”

“你是不是故意的？”

荆明天脸色铁青，见我还是一头雾水，不为所动，才又黑着脸动了动胳膊，几乎是咬着牙说道：“让你挽住我出场，这只是基本礼仪，你不要想多了。”

呃……

这个礼仪我当然知道啊，来荆家之前后妈教过我，但是我以为荆明天那么讨厌我，应该不会想要跟我走在一起呢！

“哦。”

我点了点头，小心翼翼地挽住他的胳膊。

荆明天的身体明显地震了一下，显得很僵硬，不过他很快恢复了过来，板着脸带着我往楼下走去。

虽说是非正式晚宴，但还是来了不少人，正厅里灯火辉煌，觥筹交错，每个来参加晚宴的人都穿得华丽非凡，举手投足间尽显贵族风范。

这样的场合我还是第一次参加，从楼梯上走下来的时候，为了忍住想要逃跑的欲望，我把拳头攥得紧紧的，手心全是汗。

“怎么了？”

荆明天的声音突然在我耳边响起。

我微微抬起头，发现他看我的眼神带着一丝担心，我的紧张感因为这一丝担心稍微消退了一些。

“没事。”

我摇了摇头，朝他微笑。

荆明天抿了抿嘴唇，也没再说什么，只是胳膊紧了紧，把我往他的方向拉近了一些。

他这细微的动作让我有些感动。

其实他不那么凶的时候，也是一个细心的人。

就在我们俩的距离拉近的时候，我感觉到一阵阴森森的风从侧面刮来，转过头却看到了一个让我意想不到的人。

白子浩？

他跟荆家是什么关系？怎么会出现在这里？

“明天啊，快过来这边，跟你白爷爷打声招呼！”

荆爷爷难得露出笑容，朝明天招了招手，示意他过去，而荆爷爷的对面正站着一位鹤发童颜、精神矍铄的老人。

老人的身边，那位瞪着死鱼眼的少年，就是白子浩了。

我有种十分不祥的预感！

“白爷爷好。”

荆明天带着我走到了荆爷爷身边，那位白发老人见了我，立刻笑得眼睛眯成一条缝，也不理会跟他打招呼的荆明天，只看着我，对荆爷爷说：“这丫头就是你给明天选的未婚妻吗？长得真漂亮，就是瘦了点，以后养胖点就好了……”

等等！

怎么成了未婚妻？

不是书童吗？

我受到了惊吓，瞪大了眼睛，不可思议地看着他们，脑袋里乱得很，好像有一群蜜蜂在里面嗡嗡嗡地飞来飞去。

他们后来说了些什么，我一点都没听进去，直到荆明天冷冷的声音在我耳边响起。

“你发什么呆？白爷爷在问你话呢！”

我这才回过神来。

“什么？”

我呆头呆脑地望着他。

“我爷爷说，听说你的钢琴弹得很好，让你去弹一曲！”

站在对面的白子浩忍不住插嘴，复述完之后还故意嘲讽地看着我说：“长辈说话的时候竟然发呆，一点礼貌都没有，一看就是个没教养的丫头。”

这家伙！

在学校里老找我麻烦欺负我就算了，这种场合他还要落井下石！

“你这臭小子！”

就在我担心两位爷爷会怪罪我时，白爷爷对着白子浩的头就是一巴掌拍了过去，骂骂咧咧地道：“你还敢说别人没有礼貌，平常最没有礼貌的就是你了，你刚才一进来就板着脸，是给谁脸色看呢？平常要带你出来你偏不出来，今天硬是要跟我出来，我还以为你转性了，结果是来给我丢脸的……”

“好了，好了。”

荆爷爷赶紧打圆场，拉住白爷爷又要拍白子浩巴掌的手，对他说：“胡总今天也过来了，我们先过去跟他们打个招呼吧，这里留给孩子们，让他们多交流交流，可心的钢琴等会儿再表演也不迟。”

“不要给我捣乱。”

白爷爷吹胡子瞪眼地看了看白子浩，又对着我笑了笑：“可心丫头，这小子要是欺负你，你跟我说。”

“好的，白爷爷。”

见我点头，他才满意地跟荆爷爷离开。

等两位爷爷走后，白子浩摸着被拍痛的头，怨恨地咬牙看着我：“包可心，你该不会给我爷爷下了咒吧，他干吗也那么护着你？”

呃！

我什么都没做呀！

“你来干吗？”

荆明天冷着脸朝白子浩问。

“我怎么就不能来了？”

白子浩翻了个白眼，双臂环胸朝我抬了抬下巴：“你不会真的喜欢这个臭丫头吧？我可是听说你跟那个叫柳心的……”

“我的事跟你没关系。”

荆明天打断了他，脸色十分难看。

说到这里，我也想起刚才白爷爷说的未婚妻的事，心里顿时七上八下，疑虑重重，赶紧拉了拉荆明天的衣袖问道：“为什么白爷爷说我是你的未婚妻？我不是你的书童吗？”

我的话一出口，他们两个人都神色怪异地瞪大了眼睛。

荆明天的脸几乎是黑色的，他皱着眉，语气中带着怒意：“包可心，你是在这里故意装傻，还是明知故问想要气我？”

“我是真的不知道……”

我低着头小声说。

后妈明明跟我说的是，我来荆家，只是做一个陪吃陪喝陪读书的书童，并没有说我是荆明天的未婚妻啊……

你们可不要讹我！

我心底依然残存着一丝幻想，因为我只想做个安静的书童，可不希望跟荆明天扯上这种奇怪的关系！

“哈哈。”

白子浩冷笑两声，翻了个白眼看着我：“你该不会想说，你不知道荆家选书童的传统，也不知道‘选书童只不过是个幌子，选未婚妻才是真的’这件众所周知的事吧？”

什么？

……

“江叔，你跟她说那么多干吗？反正她早晚要走的！”

荆明天冷冷地打断他。

江叔摇了摇头，不赞同地说：“少爷，包小姐以后可能会是你的……”

“不可能！”他又一次打断了江叔，转过头用冰冷的目光扫视我，“她才没有资格，我不会承认她的。”

……

“没事，我用手……”

说到一半，我就察觉到了大家惊奇的目光，马上反应过来，窘迫地接过纸巾，小声说道：“谢谢你。”

一直都没有说话的荆夫人冷冷地扫了我一眼说：“可心，你现在的身份不一样了，我希望你不要把那些不好的习惯带到荆家来，以后还是多注意一点自己的仪表。”

“是，是的。”

“母亲，她应该怎么样，我想我才是最有资格说话的那个人。”

一个声音插了进来。

……

怪不得他们会说那些奇怪的话，原来所谓的书童根本就是一个幌子，我其实是他们给荆明天选的未婚妻。

天啊！

这对于我来说，就像是在狂风暴雨中又被雷电击中一般！

呜呜呜……

我宁愿做回小胖妹，也不要跟荆明天这个恐怖大魔王待在一起。

跟他在一起跟待在地狱里有什么区别？我都开始怀疑，当时我从楼梯上摔下来撞到脑袋，就是为了摆脱荆明天，故意滚下去的！

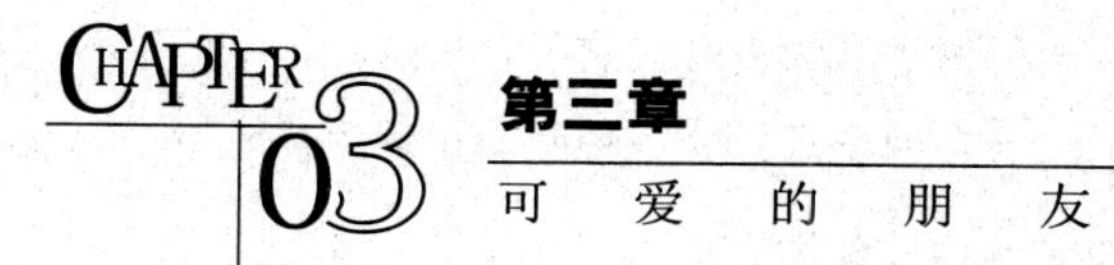

CHAPTER 03 第三章

可爱的朋友

1

“喂，你那是什么表情？你该不会真的想说你不知道吧？”

白子浩的声音又响了起来。

我回过神，发现荆明天正死死地盯着我，显然我刚才惊讶又沮丧的表情让他产生了疑虑，他的眉头深深地皱了起来。

我赶紧补救，欲哭无泪地说道：“哈哈，我当然知道啊，我只是在想自己也太幸运了……”

呜呜，我怎么那么倒霉，睡了一觉醒来，就莫名其妙地变成了大魔王的未婚妻，还是一个翻脸跟翻书一样快的冰山大魔王！

“哼！”

白子浩气呼呼地双臂环胸，不屑地说：“你别以为你有了荆家撑腰就了不起，我才不管你是谁呢，竟敢说摇滚乐是三流音乐，我倒是要看看你弹的钢琴有多好听……”

他的话还没有说完，江叔就笑呵呵地走过来，打断了他：“子浩少爷，那你可就有耳福了，总裁让可心小姐去弹一段钢琴曲给大家听，也给宴会增加一点乐趣！”

“啊？”

我被这突如其来的消息吓了一大跳，本来以为躲过了一劫，没想到……

我慌了起来：“可是，我……”

我哪里会弹什么钢琴啊？

虽然我很喜欢，但家里以前那么穷，老爸连给我交学费都困难，怎么会有钱送我去学钢琴？

“可心小姐，有什么问题吗？”

江叔见我一脸为难的样子，赶紧问道。

“我……”

我看了看他，忽然想到后妈之前教我的话，便依葫芦画瓢小声地说：“我习惯在正式的舞台上演奏，我怕在这里弹不好，麻烦江叔跟爷爷说一声，可心并不是想扫他的兴，只是可心对待钢琴、对待音乐有自己的态度。”

江叔愣了一下后，恍然大悟地笑着说：“我懂，我懂，我跟总裁说一声就是了，他不会为难你的。”

“哼，什么正式的舞台，什么对待音乐的态度，虚伪得要命！”

白子浩听了我的话，对着我就是一通冷嘲热讽：“你以为就钢琴是主流艺术，其他都是三流的？就你配在正式的舞台上演奏，别人的音乐都是垃圾？你这种态度才是对音乐的侮辱……”

“我不是这个意思！”

我慌忙摇头。

可白子浩见我否认，反而不依不饶地看着我问：“那你是什么意思？你敢说，你没有说过摇滚乐是三流音乐？”

“我不知道。”

我真的不知道啊！

“你不知道？你自己说过的话还想否认吗？”

就在白子浩怒气冲冲地朝我大吼时，我的手机铃声响了起来：“我将你刻在心的石碑，碎裂的记忆里全是你……”

白子浩掏了掏耳朵，满脸震惊，不敢相信地指着我：“你……你这个臭丫头，怎么会下载我们乐队的歌？”

“我觉得很好听，就下载下来做手机铃声了。”

这首歌是我昨晚才从网上下载的，当时只是觉得好听，并没有看是谁唱的，没想到竟然是白子浩他们乐队的歌！

气氛顿时变得怪异起来。

手机铃声继续响着……

我看了看手机屏幕，电话是后妈打过来的。

“对不起！我去接电话！”

我看了看目瞪口呆的白子浩，又瞧了一眼一直站在我身边板着脸没有说话的荆明天，才拿着手机躲到一边。

按下通话键后，后妈的声音传了过来：“喂，可心啊，听说今天荆家有个宴会，有没有让你参加啊？”

“我正在参加宴会呢。”

我回答。

“那你可要好好表现，不要让别人看出来你失忆了，少说话多微笑，知道了吗？你爸爸的公司可就指望你了……”

“阿姨，我想问你一件事。”

我打断了她的话，问道：“我来荆家并不是做书童那么简单是吗？你为什么不提前告诉我，荆家选的书童就是荆明天的未婚妻……”

“这个……”

电话那边的后妈犹豫了半天，才慌忙解释：“我这不是怕你一时间接受不了嘛，你已经失忆了，我们也是为了不给你压力，让你轻松一点……”

“可是……”

我刚开口，后妈就噼里啪啦说了一串话把我堵住：“可是什么呀，你要知道你老爸的心血全放在了公司里，现在就全指望荆家的资金运转了，你可千万不要让人看出破绽来，毁了你老爸多年来的心血……”

后妈一阵抢白之后就挂断了电话，好像生怕我会反悔似的。

看来她一点都不了解我，就算我知道了真相，为了老爸，我也不会反悔的。失忆在家的那段时间，我经常看到老爸躲起来唉声叹气的，头发也白了好多，人似乎一下子老了许多，我的心里也很难受……

“电话打完了吗？”

身后忽然传来的声音吓了我一跳。

我惊慌失措地转过头去，看到荆明天就站在我身后，忍不住大声尖叫了起来：“啊——”

“你叫什么？我又不是鬼！”

他皱眉怒吼道。

我吐了吐舌头，小声说道：“谁叫你忽然出现在我身后，你知不知道，人吓人会吓死人的？”

“谁要吓你？我只是过来邀请你跳舞而已。”

荆明天冷冷地扫了我一眼，抬了抬下巴。

“跳舞？”

我惊讶地看着他。

太阳是从西边出来了吗？

见我盯着他，荆明天的脸颊染上了一抹红晕，他转过头别扭地解释：“你不要误会，是爷爷叫我过来请你跳舞的。”

哦！

我就说嘛，讨厌我的大魔王怎么可能会想要请我跳舞！不过……既然是奉了爷爷的命令，那他脸红什么？真可疑！

“你跳不跳？”

荆明天恼羞成怒了。

“呃……可是，我不会跳舞啊！”

我小声地回答。

“你不会跳？”

他听了我的话，眼睛瞪得跟牛眼一样大，然后脸就拉了下来：“不想跟我跳就说不想，何必说这样的谎话。包可心舞蹈、钢琴样样精通，所有人都知道的谎言，你竟然对着我说得面不改色？”

呃！

我又忘记了！

但是话已说出口，我也不知道该如何补救，只好低着头说：“你不是没跟我跳过交际舞吗？我只是会跳芭蕾舞而已，大家把我传得神乎其神，什么舞都会跳，说不定我也有不会的呢。同学们还暗地里传你晚上会爬起来吸收月光，变身成狼人呢……”

“你说什么？”

荆明天的声音陡然提高。

我知道他听到了我说的话，干脆缄默不语。

荆明天也不说话，就站在那里盯着我，把我盯得头都大了，生怕他一个巴掌拍过来，却不想他忽然说道：“我教你跳。”

“啊？”

我受到了惊吓。

一定是我幻听了！

荆明天竟然说要教我跳舞？

可是……我看了看自己穿着的高跟鞋，我连路都走不稳，要是让他教我跳舞，他肯定能看出来我一点舞蹈基础都没有……

包可心不会跳交际舞，但她总不可能笨到一点舞蹈基础都没有吧？

后妈可是说过，我失忆之前，还拿过芭蕾舞大赛的冠军，荆明天是知道的。可我完全是个舞蹈白痴，等下他一教，我就穿帮了！

“我教你跳，你只要跟着我的脚步就好了。”

荆明天忍着没发火，耐心地又说了一次。

“不行……”

我摇了摇头，灵机一动捂住肚子：“我下午吃错东西肚子好疼，不能跟你一起跳舞，我先回去休息一下……”

说完，我就要逃跑。

可才转身，我就被白子浩拦了个正着，他不怀好意地拆穿我：“肚子疼？你捂着的地方明明是胃部，你该不会是故意装病吧？”

妈呀！

这个坏家伙，怎么哪里都有他？

“包可心，跟我跳舞就那么让你难受吗？你竟敢装病躲开我？”

荆明天的怒火燃烧起来。

“没有，我只是……”

呜呜！

看他的眼神，好像要把我生吞活剥了似的！

都怪白子浩这个倒霉鬼，干吗硬要拆穿我？我跟他什么仇什么怨啊，不就是打了他一耳光？而且我根本不记得这件事了，我也跟他道歉了！

就在我急得满头大汗的时候，一个人站在了我的前面，他高大的身躯替我挡住了荆明天杀人般的目光。

“明天，可心她不想跟你跳你就不要勉强她了。”

身穿白色西装的宇文熙被亮眼的灯光衬得仿若天神，我呆呆地看着他，不由得忘了呼吸。

可是，宇文熙的出现并没有让荆明天消气，我听到他的声音骤然变冷，一股凛冽的寒风迎面刮来。

“你有什么立场帮她说话？”

他冰冷的声音里听不出一丝感情。

“呵呵，我不需要任何立场。”

宇文熙虽然笑着，但眼神里看不到一点笑意：“我只知道，这个时候，可心一定希望有个人能帮她解围，我想我站出来至少能让她感到安心，而不是像某人一样咄咄逼人，让她想要逃跑……”

“宇文熙，你不要这么说啦，他肯定会生气的。”

我伸出手去拉了拉他的衣袖，又小心地躲在他身后，探出头去观察荆明天的表情。

他果然很生气。

荆明天的眼睛死死地盯着我拉着宇文熙衣袖的手，见他还拍了拍我，眼神变得更加冰冷。

“包可心，你给我过来！”

他咬着牙一个字一个字地说。

“不要。”

我把头缩了回去，整个人都躲到宇文熙背后。

“好。”

这个字荆明天几乎是用鼻孔哼出来的，我不敢去看他，只听到他用阴沉的声音说：“反正我也不屑跟你跳舞！”

然后，我听到了他离开的脚步声。

呃！

他怎么走了？

我小心翼翼地伸出头去，看着他走远的背影，也不知道为什么，竟然有点不舍，甚至还想叫住他。

他刚才那么生气，好像是在吃醋？

不会吧？

我真的是疯了！

怎么会忽然有这么疯狂的想法呢？

“喂，你们两个……”

站在一边看戏的白子浩瞪大了眼睛，指着我们两个，震惊地说：“你们两个该不会在一起了吧？”

“没，没有！”

我赶紧从宇文熙身后跳开，慌张地摆手：“我跟他一点关系都没有，我只是怕荆明天，所以才躲在他身后！”

“呵呵。”

宇文熙看我着急解释的模样，笑着说：“可心，要是放在以前，你可不会这么否认我们俩的关系，看来你是真的不再喜欢我了，我可真伤心……”

说到这里，他故作伤心地捂住胸口望着我：“他们都说爱的对立面是恨，你该不会是开始讨厌我了吧？”

“没有没有，我很喜欢你的！”

我对着宇文熙，把头摇得跟拨浪鼓似的，但又怕他误会，赶紧又说：“我说的喜欢不是那种喜欢啦，就是朋友之间很纯洁的喜欢……”

宇文熙站在我面前，也不说话，微笑地看着我，等我说完所有的话，他才伸过手来拍了拍我的头。

“你果然变有趣了很多。”

他笑起来真的太好看了！

大厅里所有的灯火在他面前都黯然失色，所有的光亮好像都集中在了他的身上，他的笑如同这世界上最灿烂的烟火……

我咽了咽口水，抬起头痴痴地望着他。

“啧啧啧，你们实在太恶心了！”

白子浩嫌弃又鄙夷地看我们一眼后，就去找他爷爷了，只留下我和宇文熙两个人就那么站在大厅中央。

而此时，在大厅阴暗的角落，一道阴冷的目光一直盯着我们。

我感到背脊一凉，顿时回过神来。

“宇文熙，我有点累了，我还是去楼上休息吧。”

唉！

我还是不适应宴会这种场合！

再不离开，也不知道待会儿又会闹出什么事来，多说多错，万一荆爷爷心血来潮又要我弹钢琴我就惨了，还不如早点找个理由走掉，也不用辛苦地穿着高跟鞋了，脚真的好痛！

宇文熙低下头，看了看我脚上的高跟鞋，像是猜到了原因，朝我微笑地点头说：“你去休息吧，爷爷那边我会帮你跟他说的。”

“谢谢，你真是个大好人！”

我一边道谢，一边离开。

隐约间，我听到身后传来宇文熙低低的笑声：“竟然给我发好人卡，这么可爱的女孩子真的是包可心吗？”

2

接下来的几天里，荆明天都在给我脸色看，我也不知道他究竟怎么了，只好小心翼翼地尽量躲开他，免得遭受无妄之灾。

就这样，很快到了周末，我有了放风的机会。

我起了个大早，谢绝了江叔安排的车子，打算自己一个人打车回家，给老爸一个大大的惊喜。哪知道我竟然那么倒霉，打的车在半路坏掉了！

算了，我还是搭公交车回家吧，反正公交车站就在前面。

等一等……

前面那个留着齐刘海儿、短发、圆脸，全身都是肉的女孩怎么那么像阿宝？而且，她的嘴角也有一颗痣呢！

世界上哪有那么巧的事，我已经确定她就是我的好朋友阿宝了！

“阿宝——”

我兴奋地跑过去，拍了拍她的肩膀。

阿宝回过头来，看见是我，圆圆的脸上先是露出了笑容，但马上笑容就消失了，她撇撇嘴，扭过头去不理我。

我挠了挠后脑勺，不解地问：“阿宝，你干吗不理我啊？我们不是好朋友吗？”

“你还拿我当好朋友吗？”

阿宝忍不住回过头来，嘟着嘴气呼呼地瞪着我：“自从你老爸有了钱，你家搬走你都没跟我说一声，后来再见到你，你不是都装作不认识我吗？是不是你变瘦变漂亮了，就觉得我不配做你的朋友了？”

“我……我没有啊。”

我摇头否认，但又想了想才说：“呃，我也不知道我有没有。”

不过我还是觉得自己就算是失忆前也不会装作不认识阿宝，更不会觉得她不配做我的朋友，因为阿宝是大家都嫌弃我的时候，唯一陪在我身边的人啊。

“你就有！”

阿宝瞪圆了眼睛生气地说：“当时你旁边还站着一个超级大帅哥，你当着他的面说你不认识我，还说我认错人了！”

怎么办？

我也不知道以前跟阿宝说了什么，我该怎么跟她解释呢？

要不要告诉她我失忆了？

“对不起……”

我想了想，还是决定告诉阿宝我失忆了的事，因为我不想失去她这个朋友，同时我敢肯定阿宝一定不会泄露我的秘密。

因为她是我最好的朋友！

于是，我把阿宝叫到一边，把我失去记忆的事情全都告诉了她，并且跟她道歉，希望她原谅我以前的行为，可能当时我有其他原因才说不认识她的。

阿宝听完了我的述说，圆圆的脸上满是震惊的表情，半天都没反应过来。

“阿宝？”

我伸出手，在她眼前摇了摇。

忽然，阿宝猛地朝我扑过来，紧紧地抱住我，大声地哭道：“呜呜，可爱，我以为你真的不要我这个朋友了，我难过了好久好久……”

我愣了愣。

“没有啦，不管我变成什么样，我都会永远把你当好朋友的！”

我的眼眶湿润起来，拍着她的肩膀，安慰她。

阿宝抱着我哭了好久才停下来。

我们在附近找了一家奶茶店，又聊起来。

说到荆明天时，阿宝十分激动：“可爱，你真是太幸福了，跟那么帅的少爷住在一起，是不是每天都会笑醒？”

“呃，我刚才说的话，你到底抓住重点没有啊？重点是我现在处在水深火热之中，随时可能穿帮……”

我头冒冷汗，无奈地说。

“对了，重点来了！”

阿宝完全处在兴奋中，她打断我的话，在书包里捣鼓了半天，掏出一张荆明天的海报，还是他去年代表金桂学院参加网球大赛的宣传海报，她把海报递给我，满眼冒着桃心：“帮我让他在这上面签名吧，这样我就可以拿到学校炫耀了。”

“呃……”

我抚额。

要不要这么夸张？

“哎呀，可爱，你不知道他在我们学校人气有多旺，就这张海报还是我花了一个

学期的零花钱买到的！你一定要帮我拿到签名！有了签名，我在那群死丫头面前就有了面子，她们肯定要羡慕死……”

看着阿宝越来越夸张，卖力夸赞荆明天的样子，我只好摇了摇头，将海报收了起来。

“好吧，我尽力。”

荆明天在金桂学院的人气也没有这么高啊，虽然我知道女生们私底下也喜欢议论他，但是还没到这种程度，果然距离产生美。

“可爱你真是太好了！”

阿宝张开手臂用力抱住我，害我差点喘不过气来，好不容易放开我，她忽然又露出一副十分凝重的表情打量起我来。

“怎么了？”

我一边喘气一边问。

“可爱，你变瘦之后漂亮了好多哦，完全配得上荆少爷！”

阿宝皱着眉，用力地点了点头，又伸出手一巴掌拍在我的肩膀上：“你不要担心，就算传闻说那个叫柳心的才是他最喜欢的女生，但我相信他最后也会移情别恋，喜欢上你的……”

“你说荆明天喜欢柳心？”

我惊讶地瞪圆了眼睛。

“你不知道？”

阿宝一副“怎么可能”的表情看着我，过了一会儿才回过神摸着下巴说：“对哦，你失忆了嘛。我跟你说，你千万不要跟那个柳心走得太近，传闻她可是非常有手段的人，荆少爷被她迷得神魂颠倒的。据说她刚进金桂学院的时候被那些喜欢荆少爷的女生欺负，荆少爷好几次站出来帮她，还当着大家的面抱过她，还是公主抱呢……”

公主抱？

我想起上次荆明天抱我的场景，脸颊猛地热了起来。

“喂，可爱，你的脸怎么忽然红起来了？你听了也很生气对不对？”

阿宝在我眼前挥了挥手。

“没，没有啦。”

我心虚地摇了摇头，想了想说：“其实我觉得柳心她人还不错，荆明天喜欢她也没有什么不对的啊……”

“可爱，你就是太善良了。”

阿宝不赞同地拍了拍我的额头，嘟着嘴说：“反正你千万不要小看她啦，也不要被她的外表蒙骗！”

“呵呵，荆明天他喜欢谁跟我也没关系……”

我挠了挠脑袋，为了防止阿宝继续说下去，赶紧转移了话题：“对了，你刚刚准备去哪里啊？”

“我？我正要去逛街，去买学校举行秋游活动穿的衣服啊……”

阿宝回答我，眼睛一下亮了起来，扑过来抓住我的手臂：“可爱，你陪我去逛街吧？我一个人逛街好无聊啊！”

“可是我还要回家……”

我为难地看着她。

但是——

我还是没有抵抗住阿宝的哀求，因为我实在是太想念她了，失忆之后遇到她就像是抓住了一根救命稻草，让我有了呼吸和倾诉的空间。

我打了电话回家给老爸，告诉他会晚点回去，然后跟阿宝一起逛街、买衣服、吃东西，玩得不亦乐乎，甚至忘记了时间……

电玩城内。

“我将你刻在心的石碑，碎裂的记忆里全是你……”

我和阿宝正玩得起劲，手机却响了起来。

我想都没想就顺手挂断了电话，哪知道挂断了一次又一次，对方还是没有放弃，不停地打过来。

我只好接听了电话。

“你是不是有病啊？干吗老打电话？烦死了……”

我不耐烦地骂道。

“包可心，你是不是活腻了，现在居然敢跟我这样说话？”

电话那头冷然打断我的声音让我的手一哆嗦，差点把手机丢出去。

“啊啊啊！”

我忍不住尖叫出声。

“啪——”

我的下一个动作就是挂断电话。

“可爱，你怎么了？”阿宝放下手中打地鼠的锤子，担心地看着我，“是谁的电话啊，让你这么害怕？”

“是大魔王！”

我紧紧地抓着手机，将它举到离我耳朵很远的地方。

“大魔王？”

阿宝不明白地看了看我。

呜呜……

阿宝怎么会知道我的痛苦呢？

在她心中，荆少爷可是魅力无限的帅哥，她哪里知道荆明天可比魔鬼还要恐怖好多呢，我刚刚不但朝他大吼，还挂了他的电话，他肯定不会饶了我，会把我撕成一块块的，呜呜！

当然我可不能跟她说是荆明天打过来的，要是被她知道了，以她对荆明天的痴迷程度，说不定会把手机抢过去，当场就把我出卖掉。

“我将你刻在心的石碑，碎裂的记忆里全是你……”

妈呀！手机又响起来了！

我皱着一张苦瓜脸，小心翼翼地按下接听键：“对不起，刚才我以为是别人，所以才对你那么大声……”

正所谓坦白从宽，抗拒从严，先认错总是对的！

那边半天都没有声音，就在我以为他已经挂掉电话的时候，荆明天低沉的声音忽然响起：“你在哪里？怎么这么吵？”

糟糕！电玩城里这么喧闹，他肯定听见了！

“我在……”

我看了一眼阿宝，捂住手机以免他再听到什么，然后赶紧往厕所的方向飞奔而去。

好不容易跑到了厕所，我才敢说话：“我，我在家啊，刚才你听到的是电视机的声音啦，我老爸看电视每次都放好大声……”

“电视声音？”

荆明天的语气摆明是不相信我，还好他并没有纠结下去，而是说道：“半个小时后，我来你家接你。”

“什么？不用了，我自己回去就可以……”

可荆明天并没有给我拒绝的机会，他马上就挂断了电话。

“嘟嘟嘟——”

我听见电话那边传来的挂断声，急得冷汗都冒了出来。

怎么办？

怎么办？

荆明天这个家伙为什么会突然这么好心坚持来我家接我？

不行，现在唯一的办法只有赶快回家，不然就真的死定了！

“可爱，你是不是拉肚子了？”

紧跟着我走进厕所的阿宝看见我脸色不对，担心地问。

“比拉肚子还惨！”

我把逛街买的东西一股脑儿全塞给了她，然后依依不舍地说道：“阿宝，这些东西你帮我保管，下次我再找你出来玩，我先走了！”

“那你……”

阿宝的话还没有说完，我已经冲出了电玩城。

我往电梯的方向跑去，眼看电梯门刚好打开，我开心地跑了过去，等我跑近了些，忽然看到电梯里站着一个熟悉的身影——

白子浩！

他怎么在这里？

我震惊地瞪大了眼睛，急忙停住了脚步，但还是被他发现了。

“包可心？”

他不敢相信是我，试探着叫了一声我的名字。

我从商场橱窗的玻璃上看到了自己的样子——穿着一身可爱的连体粉红卡通服，头发因为玩电玩时太疯狂已经散乱得像鸟窝一样，脚上原本光鲜闪亮的镶钻皮鞋已经换成了舒适的懒人拖鞋，手里还抱着一盒我想了半天都不愿意放弃的巧克力蛋糕，嘴巴上还残留着吃冰激凌留下的痕迹……

妈呀！

这副模样跟平时的千金大小姐包可心相差太多，怪不得他会露出一副不敢相信的表情！换成谁都不会信吧！

眼看着他求证似的朝我走近，我慌了神，转身就跑。

“喂，你是包可心对吧？你不要跑——”

白子浩跟在我身后，疯狂地追了过来，一边追还一边喊：“你这个臭丫头，今天被我抓到把柄了吧？我一定要抓住你，你给我站住！”

你说站住就站住，当我是笨蛋啊？

我偏要跑！

呼呼！

我跑得气喘吁吁，在商场里面上蹿下跳，却还是没有甩掉他。

于是，我从手扶电梯那边跑了下去，打算跑到商场外面，冲进大街上的人群里，这样他就拿我没办法了。

我跑啊跑，跑啊跑，眼看就要跑到门口了。

这时，门口杀出一个人来，那个人穿着一身白色的休闲装，戴着茶色的墨镜，身材修长，脸像天使一样完美——不，现在碰见他可不是什么好事！

他是迎面朝我走过来的，一眼就看到了我，跟白子浩的反应一样，他先是摘下墨镜，不敢相信地看了我一眼，接着就要开口。

救命啊！

你就别喊了，不能当作没看到我吗？

本来我都要甩掉白子浩了，现在又杀出个宇文熙，我上辈子是不是欠了他们俩啊，变着法子来折磨我……

“可心？真的是你吗？”

宇文熙皱着眉靠近我，想要进一步确认。

不管了！

我低下头，鼓着腮帮子蓄足了马力后，等到宇文熙快要走到我面前时，忽然猛地朝他冲过去，伸出手将他往正朝我跑来的白子浩身上一推。

“啊——”

“啊——”

他们俩没有防备，都摔倒在地。

两个亮眼的帅哥摔倒在商场，很快就引来了大家的围观，还有人对他们指指点点，说他们怎么这么不小心，走平地还能摔倒……

呜呜！你们不要怪我，我实在是没有办法了！

我不敢回头去看他们，低着头一直往商场大门外冲去，隐约还能听到身后传来白

子浩恨恨的喊声：“包可心，你给我记住！”

3

我打了出租车，马不停蹄地赶回家，可还是晚了一步。

荆明天的车已经停在我家门口，他好像并不想进去，所以连门铃都没按，而是先打了我的电话。

“我将你刻在心的石……”

我躲在拐角处看着他的动作，手机刚一响起我就接了起来。

“快点出来。”

荆明天开口的第一句话就是这个，为了防止我误会，他马上又接着说道：“你不要误会，要不是爷爷让我来接你，我才不愿意来！”

那你就不要来啊！

说到荆爷爷，他的心思我可猜不透，明明在荆家的时候，他对我也不太关心，怎么会忽然让荆明天来接我呢？

见我半天没出声，荆明天冷冷的声音又传了过来：“包可心，你有没有听到我说的话？难道还要我亲自进去接你？”

“不，不用。”我赶紧阻止他，小声地说道，“你在外面等我一会儿，我马上就出来。”

可是……我明明就在外面，要怎么才能进去呢？

呜呜，老爸你买这栋房子的时候为什么不看看有没有后门，如果有后门我现在就不用这么惨地站在外面吹西北风了！

啊，有主意了！

我望了望房子外面高耸的围墙，还有上面绿油油的爬山虎，脑筋转啊转，想到了唯一的办法——爬墙！

好高！

我咽了咽口水，心里还是有点害怕，但是除了这个办法，好像也别无他法了，如果再不快点，说不定荆明天那个家伙真的会冲进家里去找我。

死就死吧！

恋恋不舍地把手中的蛋糕舍弃，我挽起卡通连体服的袖子，又把包爽快地甩到背后，双手拉住爬山虎藤蔓，脚踩着墙角的水管衔接处……

我一步步地往上爬，眼看就要爬到墙的最高处，下面却传来荆明天的喊声——

“包可心，你这是在干什么？”

我被吓得魂都跑出来了，抓住爬山虎藤蔓的手抖了一下，也不敢往下看，只一个劲地摇头。

“不是，我不是包可心。”

“你不是说自己在家里吗？现在穿成这个样子在这里爬墙，你的脑袋到底是什么构造？赶快给我下来！”

荆明天的声音越来越大，充满愤怒。

“哦。”

我小声地答应着，手却攀着藤蔓往上爬去。

“我说的是从我这边下来，不是让你翻墙过去，你听到了吗？”

荆明天几乎抓狂地朝我喊道。

我又不是故意的！

我低着头腹诽道。

我下意识地就想躲避荆明天，身体才会不听使唤地往上爬，我还不是怕他对着我发火……

“快点！”

见我磨磨蹭蹭的，荆明天又是一声吼。

这一吼，害得我本来就颤抖的心一缩，手一松……

“啊啊啊——”

伴随着尖叫声，我从墙上掉了下去。

就在我以为自己要摔个四脚朝天、头破血流时，预想的疼痛并没有到来，而是感觉身下软软的、暖暖的。

“马上从我身上起来！”

身下传来怒吼，我惊醒过来，赶紧爬起来。

原来我摔在了荆明天身上，还把他狠狠地压在了身下，我连忙担心地问：“你怎么样？没事吧？”

“你说呢？我的胃都要被你压破了！”

荆明天气得眼睛都红了。

“对不……”

我想要跟他道歉，可看了一眼旁边，发现刚才我放在那里的蛋糕被荆明天压在身下，已经变得乱七八糟，顿时心疼得要命：“我的蛋糕！好可惜啊，我跟阿宝排了好久的队才买到的，我一口都没有吃呢！”

“你现在还有心思关心吃的？”

荆明天看着我的眼神像是要吃人般恐怖。

“对不起。”

我低下头去，不敢看他。

看我低眉顺眼的，荆明天的气稍微消了一点，他从地上站起来，拍了拍身上的灰尘，又一脸嫌弃地指着我的衣服说：“说说看，你不是在家里吗？现在穿着这一身乱七八糟的东西是怎么回事？”

“我跟朋友出去玩了。”

我把头越埋越低，小声地老实交代。

“朋友？”荆明天冷笑了一声，讽刺地问道，“除了柳心，你还有其他朋友吗？”

“我当然有朋友，阿宝她跟我永远都是好朋友。”

我被戳到痛点，不由得有些生气，开始口不择言：“我看你才没有朋友呢，讲话难听，面无表情，又自以为是，成天就喜欢找别人麻烦，所以才会登上金桂学院魔鬼榜的第一名，你肯定还不知道大家暗地里叫你荆魔王吧……”

呜呜！我这是怎么了？干吗哪壶不开提哪壶，他不会恼羞成怒把气撒在我身上吧？

果然，听了我的话，荆明天的脸垮了下来。

就在他快要爆发时，我眼尖地看到司机大叔朝我们走过来。

“救命啊，你们家少爷要咬人了！”

我一把拉过司机大叔，躲到他身后。

司机大叔回过头来看看我，又转过头看看荆明天，问道：“少爷，你跟包小姐发生了什么事？怎么还吵起来了？”

可荆明天没有理他，冷着脸指着我：“包可心，你有本事不要躲着，我今天保证不打死你。”

啊，好可怕！

我感觉有冷气从脚底钻出来，全身都跟着打了个冷战。我拉过司机大叔就走：“大叔，我们赶快回去吧！”

“不准走。”

荆明天怒气冲冲地喊住我，见我还是一个劲朝车子走，他忽然朝我吼道：“包可心，你真的要穿着那身衣服回去？”

啊，对哦！

我低下头看了看粉红卡通连体服，把刚要打开车门的手缩了回来，心虚地转过身，小声地问道：“那我该怎么办？我原来的衣服放在我朋友的包里面了，我没有衣服可以换……”

“你家不就在眼前。”

荆明天指了指我家大门，冷冷地哼道。

“不行。”

我果断地摇头，不带丝毫犹豫。

他的意思是要我回家换衣服？

后妈看到我这个样子，害怕我因此暴露，肯定会骂死我的。不知道为什么，比起荆明天，我更怕面对后妈，总觉得在后妈面前要更小心翼翼一些才行……

“为什么不行？”

荆明天皱起眉，盯着我。

我抠着手指，也不敢去看他，只小声地说道：“因为，因为我不想看到我后妈，我这样回去她会生气……”

那边忽然就没了声音。

我感觉到荆明天的目光在我身上停留了很久，然后他径自上了车，对着站在原地发愣的我说：“还不上车？”

“啊？”

我没反应过来，抬起头疑惑地看着他。

他没有理我，而是转过头，对已经坐在车上的司机大叔交代说：“先带我们去附近的服装店，给她买一套衣服换上。”

“谢谢，谢谢。”

我明白过来，感激得差点掉泪。

“快上车。”

受不了我的注视，荆明天别扭地转过头去，冷哼道：“真想把你的脑袋打开看看里面是什么构造。要不是长得一模一样，我真怀疑你跟以前的包可心不是同一个人，兴趣爱好完全不一样……”

我的心“咯噔”一下，小心地打开车门上了车，偏偏这时，脚却不听话地踩空，身体朝荆明天那边倒过去，头狠狠地撞到了他的胸膛上，头发还挂在了他的衣服拉链上。

“包可心——”

荆明天的吼声让车子都震动了三下。

“你不要喊，我的耳朵都被你震痛了！”

我埋怨地一边说一边着急地转动着脑袋，想要把头发解开。

“你还好意思说我……”

荆明天被我气得不行，伸出手来一把压住我的脑袋：“不要乱动，小心我拿把剪刀将你的头发都剪光。”

“不要！”

我马上不敢动了。

这家伙一向说到做到，我害怕得哭起来：“呜呜，我好不容易变漂亮，我不要变成没有头发的丑八怪……”

“白痴。”

荆明天的手明显抖了抖，冷哼着骂道。

他并没有拿出剪刀来，我只感觉到他的手轻轻地放在我头顶上，慢慢地一圈又一圈地绕动着，他的动作很温柔，好像生怕会弄痛我，连他的呼吸都跟着小心起来，柔柔地喷在我的脖子上，有点痒痒的……

“丁零零——”

忽然，荆明天的手机响了起来。

我的头被他猛地粗鲁地推开，我的身体往后一倒，狠狠地撞到了座椅上，幸好头发已经从他的拉链上解开，不然说不定我就变成秃头了！

“你干吗？”

我摸了摸撞痛的后脑勺，郁闷地瞪着他。

“喂，柳心，有什么事吗？”

荆明天拿着手机专心致志地接电话，根本懒得理我，不过他脸上残留的惶恐表情，好像刚才遇到鬼了似的……

柳心？

我想起了阿宝跟我说的话，不由得竖起了耳朵。

4

“我现在……”

荆明天看了看我，皱起眉头来，然后才回答道：“我一个人在家里……是吗？你在那里等我，我马上去找你。”

说完，他就挂断了电话。

随后，他恢复了平时一脸冷漠的表情，对我说：“你下车去，我有其他事情要去办。”

“你这人怎么这样啊？”

他跟柳心的通话，我可是听得一清二楚，顿时就怒了，气冲冲地喊道：“是你自己说要来接我的，我又没有求你，害我为了不被你骂，上气不接下气地跑回家，现在你又让我自己回去，你是不是在耍我啊？”

果然，在我和柳心之间，他觉得柳心更重要！

而且他明明跟我在一起，为什么要对柳心说谎？难道他是怕柳心知道了会生气？

我也不知道自己为什么这么愤怒，明明我心里很清楚他是讨厌我的，但听到他二话不说地就选择了柳心，抛下我，我就忍不住难过，总觉得有一口气堵在心里，憋得自己难受……

“我……”

荆明天张了张嘴，想要解释什么，但最终他只是冷冷地说道：“本来就是爷爷让我来接你的，又不是我自愿的。”

是啊，这是荆爷爷的命令，并不是他自己想来接我，我竟然还在心里隐隐期待，我真是个不折不扣的大笨蛋！

算了！我哪里来的立场对他生气？

“下车就下车。”

我闷闷地打开车门，就要下车。

荆明天喊住我：“在你家等我，我办完事就回来接你。”

“呃？”

我惊喜地回头。

“如果我没有跟你一起回去，爷爷肯定会责备我没有完成他交给我的任务。”

荆明天脸色不自然地解释道。

“哦。”

我就知道他没有这么好心！

我下了车，看着荆明天的车慢慢开走，脑袋里也不知道哪根筋搭错，竟然有了一个疯狂的想法——跟踪他！

这个想法一闪现，我就马上付诸行动，毫不犹豫地拦下一辆碰巧经过的出租车，让司机跟在了荆明天的车后面。

“师傅，跟着那辆车，不要跟丢了就行！”

我拍了拍驾驶座。

出租车司机很给力，车子跟在后面，一点也没有让荆明天发现，我看到他在医院门口停了下来，柳心就站在门口等着他。

她生病了？

还是哪里受伤了？

我伸长了脖子，把她全身上下打量了一遍，没有看到包扎的痕迹，而且她的脸色看起来红润有光泽，看到荆明天之后，笑得跟朵花似的，也不像是生病了的样子……

那她干吗到医院来啊？

两个人说了一会儿话，柳心就上了荆明天的车，车子往超市的方向开去，很快，两个人下了车，进了超市。

荆明天这个可恶的家伙，他说的重要的事就是陪柳心逛超市？

我在超市外面等了半个多小时，两个人才从里面出来。我让出租车司机继续跟着荆明天，可在半路上，碰到了下班高峰，路上的车子越来越多，我们把荆家的车跟丢了……

就在我垂头丧气想要放弃的时候，师傅却兴奋地指着不远处一辆黑色轿车问道："你看，那是不是我们跟的那辆车？"

我定睛一看，还真的是荆明天坐的那一辆！

"是的，师傅快跟上去！"

"好嘞！"

不过，我发现荆明天的车竟然一路向郊区开去，开了一段时间后，他让司机大叔把车在一条小道上停了下来。

"师傅，快停车！"

我叫出租车司机赶紧跟着停下车，看着荆明天从车上走了下来，可奇怪的是柳心并没有跟着他下车。

这家伙跑到这里来是要干什么？

我下了车，从路边的小树林里折了几根树枝掩护自己，跟在了荆明天的身后。他好像一点都没有发现我的存在，慢悠悠地朝前面走着。

我也跟着他朝前走。

郊区到处都是蚊子，即使我身上穿着长袖的连体卡通服，但脖子和脸还是遭到了它们的攻击。

我痒得实在受不了，就伸手去挠。

然而荆明天一点要离开的迹象都没有，蚊子好像怕他似的，也不去咬他。

可恶！连蚊子都这么欺善怕恶！

"走开啦，你们干吗不去咬荆明天？是不是看我好欺负啊？"

我小声抱怨着，拿起树枝驱赶围着我转的蚊子。就在这个时候，荆明天忽然转过身来。

啊啊啊！

我吓得往草丛里一蹲，躲了起来。

“沙沙……”

听见鞋子踏着草地的声音越来越近，我连大气都不敢出，闭着眼睛只期望他没有发现我。

“尾巴都露出来了，你还准备躲多久啊？”

荆明天冷冷的声音响起。

尾巴？

我睁开眼睛，转头朝身后看去，由于我是侧着身子躲进草丛的，连体卡通服上的尾巴果然露在了草丛外面。

“嗨，好巧啊！”

我慢腾腾地站了起来，讪笑着朝他挥手。

荆明天瞥了我一眼，不留情面地拆穿了我：“包可心，从医院一路跟到这里，你还真是有恒心啊。”

“你……你知道我在跟踪你？”

我惊讶地捂住嘴巴。

“你半个身子都快伸出车子外面了，又穿着那么显眼的衣服，瞎子都能看见你。”

荆明天翻了个白眼，用鄙夷的口气说。

呃……所以说，是我自己暴露了吗？

我窘迫地看了看他，低头抠着手指：“你到这里来干什么？柳心怎么没有跟你一起来？”

“我发现你后，就叫她下车了，再故意引你来这里……”

荆明天嘴角微微地向上扬起，一边说一边朝我走了过来。

“你，你想干吗？”

我害怕地后退。

他……好像变得不太一样了！

为什么我会有一种被他戏弄的感觉？

“当然是……”荆明天抿了抿嘴，看到我害怕的模样，嘴角露出笑意，忽然在我头上猛敲了两下，“趁机教训一下你这个胆敢跟踪我的家伙！”

他竟然在笑？

我完全不在乎脑袋上传来的疼痛，两只眼睛直直地盯着他。

被我盯得不自在的荆明天板起脸来：“干什么？你还想咬主人不成？”

“没，没有啦！”我回过神，赶紧摇头，想也没想就说，“我只是在想，你明明笑起来那么好看，为什么平常却喜欢冷着脸呢？”

话一说出口，我就意识到自己犯错了。

荆明天的脸也跟着冷下来。

太阳已经落山，只有晚霞映照在不远处的湖泊上，周围很安静，只有蚊子嗡嗡嗡的声音。

就在我手足无措，不知道该说些什么补救的时候，小路上传来几个人杂乱的脚步声以及对话声。

“你确定是包老板的女儿？”

“确定，以前她来工厂找老板时，我见过她几次，长得可漂亮了，听说还是金桂学院的学生……”

“说这些没用的干什么，快点找到她。我们为公司卖命了这么久，没有功劳也有苦劳，竟然就这样把我们开除了，不出这口气我实在忍不下去！”

“大哥说得对，等抓到他女儿，就威胁他让他拿点钱出来做遣散费，你看我们现在过的是什么日子！”

……

我还在疑惑时，荆明天已经拉住我的手，把我拖进了刚才躲藏的草丛里，在我出声前，捂住了我的嘴。

我不知道他为什么这样做，不停地挣扎。

“不要动，他们是跟着你过来的。”

荆明天叹了口气，在我耳边低声说道。

虽然我不知道发生了什么，但还是乖乖地不再挣扎，因为我发现自己跟荆明天贴得好近，他说话的时候，气息喷在我的耳后，让我的耳朵都热了起来……

可是……

“大哥，那边好像有声音！”

我们还是被人发现了，那群人的脚步声越来越近，我听到荆明天的心跳声也越来越快，他忽然在我耳边说道：“抱紧我！”

我没有多想，听话地用双手紧紧地抱住了他。

荆明天也用双手抱住了我，然后他带着我往后一滚。我们的身后是一个陡坡，坡度不是很高，但也不低，我们顺着陡坡滚了下去……

其间，荆明天一直用手护住我的脑袋，尽管这样，我还是能感受到头碰到石头后的撞击力，可想而知，他的手会有多疼！

可是他一句话都没有说，也没有喊过痛……

“快起来！”

我们一路滚到了坡底，荆明天才带着我爬起来，往大道的方向逃去。他牵着我的手，我看到他手上布满了划痕和血迹。

我的眼角有些湿润。

然而，我还来不及感动，身后的陡坡上就传来了喊声：“大哥，他们在那里！他们往大道的方向跑去了！”

第四章

胎　记　风　波

1

我们没跑多远，就被人围了起来。

最糟糕的是，我的手机落在了阿宝那里，而荆明天临时下车，身上也没有带手机，这里离大道那么远，周围又没人，呼救也听不到……

怎么办？

我下意识地抓紧了荆明天的衣袖。

“不要怕。”

荆明天冷静地将我拉到他身后，大声地对那群人说：“你们无非就是为了钱，只要放我们走，钱我可以给你们……”

“钱，你这小子是谁？你以为钱真的可以解决一切吗？”

带头的那个大哥被戳中心事，顿时恼羞成怒。

他一口黄牙，额头上还有一道疤痕，脖子上戴着夸张的假金项链，跟电视上的黑社会分子有一拼。

老爸的工厂里怎么会有这种员工？

“不是吗？”

荆明天冷笑一声。

“你……”

黄牙挥动了一下手中的刀，指着我说道：“老实跟你说，兄弟几个也是蹲过牢房吃过牢饭的，什么世面没见过？这丫头她老爸多此一举，装什么慈善家，硬是要收留我们。哥几个不就在上班时间打了几把牌消遣消遣，居然将哥几个开除了！把哥几个当猴耍呢？”

原来是这样！

老爸肯定是看他们从监狱放出来，找不到工作，就好心地收留了他们，结果他们不但不感激还把好心当成驴肝肺，上班的时候还打牌，被开除了就把过错全推到老爸身上，也太过分了！

“哼！”

荆明天冷哼一声，鄙夷地说道：“死性不改，还恩将仇报，你们这种败类就不应该活在这个世界上！”

“你这小子！还轮不到你来教训我们！”

黄牙激动地逼近了我们，还对几个手下吩咐道：“快点把那个丫头抓起来！这小子交给我，看我不剥了他的皮……”

“我数一二三，你就往大道的方向跑！”

“可是……”

“跑！”

黄牙已经逼近，荆明天连数都没有来得及数，就一把将我往前推去。

我被他推着冲出了包围圈，然后撒腿就跑。

“抓住她！”

可才跑了没多远，我就被人抓了回来。

荆明天练过跆拳道，黄牙被他狠狠地踹了几脚后，倒在了地上，其他人也不敢上前。

但是我被抓住之后，局势就发生了改变。

“你放开她！”

荆明天紧握的拳头都在发抖。

“荆明天……”

我被人抓着，吓得眼泪哗哗地掉下来。

黄牙将刀递给抓着我的人，那个人把刀架在了我的脖子上，接着黄牙猥琐地笑起来：“你这小子，很会打架嘛，敢踢我？我看你还敢不敢踢我？”

说着，他过去将荆明天一脚踢倒在地。

荆明天看了看我，并没有反抗，任由黄牙踢打着他，没有哼一声。

“不要！你这个坏蛋，你不要打他！”

看到倒在地上，被打得遍体鳞伤的荆明天，我哭喊着，想要过去救他，却被人抓得死死的不能动弹。

不要！

不要！

为什么看到他被人踢打，我的心会这么痛？

我从来都没想过，有一天荆明天会为了我，宁愿挨打也不反抗，他会因为害怕我受伤而任别人欺负……

他不是讨厌我吗？

他不是巴不得摆脱我吗？

这一刻，我宁愿他丢下我一个人，走得远远的……

“大哥，我们还是快走吧，免得等下有人来！”抓着我的男人往四周看了看后，提醒黄牙。

黄牙这才停了下来，对躺在地上的荆明天说：“你回去告诉包大头，警告他不要报警，不然我们就撕票！”

“我们走！”

黄牙勾了勾手，对几个人命令道。

眼看着他们就要带着我离开，而荆明天全身是血地躺在那里，一动也不动，我不禁拼命地挣扎起来：“你们放开我，放开我！你们把他送到医院去，我求你们了……”

“送医院？”

“哈哈哈，小姐你当我们是慈善家啊！”

……

呜呜！

不会吧？

我真的要被他们绑架了吗？

荆明天怎么办？

他还躺在那里，他会不会出什么事？他该不会……

就在我哭得稀里哗啦的时候，大道上忽然传来了警笛声。

“大哥，警察怎么会来？”

“我不要再进大牢啊！”

“快跑啊……”

几个人顿时慌了手脚，不管黄牙怎么骂，他们都不再听他的话，抓着我的那个人也慌乱地放开了我。

我趁机往前跑去。

“臭丫头，你别想跑！”

黄牙要来抓我，却被石头绊倒。

我跑啊跑，好不容易跑到了大道上，却见警车从我身边呼啸而过，它们好像并不是为了救我们而来的。

“可心小姐——”

幸好荆家的司机看到了我，连忙跑了过来。

“快去救荆明天，有人要绑架我，他为了我，可能……可能……”话还没说完，我就感到一阵眩晕，眼前一黑……

等再次醒过来的时候，我已经被送进了医院。

“宝贝，你醒了，你终于醒来了！”

我睁开眼睛后第一眼看到的就是老爸的双下巴，接着就是他老泪纵横的胖脸。

“老爸？”

我迷迷糊糊地看着他，猛地坐了起来：“荆明天呢？荆明天他到底怎么样了？你们有没有找到他？”

“他还在急救室呢，听医生说断了好几根肋骨，脑袋有撞击的痕迹……”

后妈一改之前的和颜悦色，皱着眉一脸不高兴地说：“我说你们怎么会忽然跑到荒郊野外去啊，荆少爷这要是出了什么事，你老爸的公司还……”

“公司，你就知道公司！”

老爸气得双下巴颤抖了好几下，指责后妈：“你看我家宝贝都变成什么样了，你不心疼我心疼！”

“我不是这个意思……”

后妈连忙改口。

可我一点也不想听他们吵架，我现在一心只想知道荆明天怎么样了，于是我掀开被子下了病床往外走去。

“宝贝啊，你去哪里？你身体还没恢复呢！”

老爸追了上来。

我也不理他，一路奔跑着来到了急救室门口。

急救室的灯亮着，门口坐着江叔、荆夫人，而荆爷爷满脸焦急地在过道上走来走去。我正要上前询问状况，却被一个人拉住了。

“你没事吧？”

我回过头，看到了宇文熙惊慌的眼神。

“我没事啦，可是荆明天他……”

说着，我的眼泪就涌了上来，我一边抽泣一边说：“都是我的错，我不应该跟踪他的，那样他就不会去郊外，我们就不会……”

“好了，好了。”

宇文熙摸了摸我的头，安慰着我：“不是你的错，这种事情大家都不想看到的。我刚从警察局回来，那几个人已经被抓住了。”

“呜呜呜，他会不会有事？万一他……”

我越哭越伤心。

“不会的。”

宇文熙叹了一口气，伸出手来抱住我，将我的头按在他的肩膀上：“相信我，荆明天才不会这样就完了……”

他的动作好温柔，让我感觉很安心。

我靠在他的肩膀上哭泣，哭得天昏地暗，想把自己的担心、难过、害怕等情绪都发泄出来……

宇文熙说得没错，荆明天才不会就这样死掉。

抢救很成功，医生说他并没有大碍，而荆明天那个家伙有着强大的复原能力，很快就恢复得差不多了。

不过，他住院期间可苦了我。

后妈殷勤地买了各种补品去看他，还当着他的面把我骂了个狗血淋头，直到老爸心疼地站出来维护我，她才停了下来，一个劲地跟荆明天道歉，好像我做了多大逆不道的事。

相对于后妈的反应，荆家就淡定得多。荆夫人来看过荆明天几次，但都没理过我。荆爷爷不仅没有骂我，反而安慰了我一番，说我受苦了。

然而……

荆明天那个家伙并不打算放过我！

他添油加醋，把我跟踪他的事情说得十分夸张，我本来就觉得理亏，又担心他真的出事，这下更加抬不起头来，在医院辛辛苦苦当了几天奴仆，给他端茶倒水削水果……

幸好，荆明天在医院里躺了几天就出院了。

他说自己厌恶医院的药水味。

说起来这一点跟我倒是挺像的。而且我还发现了一个秘密——这家伙竟然怕吃药！

哈哈哈，知道这个秘密后，我可憋笑了好几天呢！

2

喷泉池边的小花坛里，葱葱郁郁的绿草间，兰花、菊花正开得鲜艳，色彩缤纷，香气怡人，让人的心情都跟着愉快了不少。

当了几天奴仆的我，也终于得以解放，回到了学校上课。

不过，一回到学校就遇到了柳心，这些天她去探望荆明天可勤快了，听到今天荆明天出院，而她没有机会去接他，脸顿时垮了下来。

“今天吗？”

柳心黑着脸，好像我做了错事一般数落我：“你怎么不告诉我？我应该去接他出院的。我妈妈熬的汤还放在我书包里，我还打算中午送过去给他喝呢。”

“呃，对不起。”

连我自己都不知道为什么跟她道歉，我看了看她说：“医院说要一个星期，是他自己临时决定的，说学校里有很多事等着他去做。”

“他说得也对，金桂学院缺了他还真不行。”

柳心一说到荆明天，脸上就不由得浮现出一股骄傲的神色。这让我隐隐约约觉得有点难过，心里面涩涩的，像是喝了过期的牛奶，又像是第一次尝到老爸买回来的柠檬似的，怎么都不是滋味……

奇怪！

为什么我会有这种感觉？

“算了，等下午他来了，我再把汤送给他也一样。”

柳心想了想，表情释然了很多，见我盯着她，就转移话题道："上午的游泳课你又不参加吧？"

"今天有游泳课？"

我一听到游泳课就兴奋起来，想也不想就说："我为什么不参加啊？我可喜欢游泳课了，当然要参加啦！"

"你真的要去上游泳课？"

柳心震惊地看着我。

"对啊。"

我没注意到她的表情，兴奋地自顾自说道："以前都没有机会学，现在有机会了我一定要好好学，学会了就可以像小鱼一样在水里游来游去……"

以前家里很穷，游泳馆的门票又贵，所以老爸只带我去过一次，却让我印象深刻。我记得当时的我趴在救生圈上扑腾得可欢快了，水花溅了老爸一脸，老爸却不在意，笑得脸上的肉一颤一颤的……

"可是，自从发生了那件事以后，你都不会……"

柳心想要跟我说什么，但是说到一半就戛然而止，不再说下去。

"什么？"

我不在意地问。

可柳心摇了摇头，神色异常地打量了一下我，说道："没什么啦，你先去教室吧，我有点事要去办。"

"哦。"

我点头，也没想太多。

然后，柳心急急忙忙地走了。我歪着脑袋瞧了一眼，只见她从书包里掏出手机，一边走一边打起电话来。

呃……

她该不会是给荆明天打电话吧？

他不是下午就会来吗，柳心也太心急了，她应该很喜欢荆明天吧，如果没有我莫名其妙地“插”进他们之间，变成荆明天所谓的书童，他们应该会在一起吧？所以，荆明天也是因为这个才那么讨厌我吗？

他也喜欢柳心？

得出这个结论的我，顿时恍然大悟。

呆愣了一会儿后，我感到胸口传来一阵闷闷的感觉，本来因为逃脱荆明天的折磨而沾沾自喜的我，忽然难过起来……

我到底怎么了？

想不明白的我，用力地拍了拍胸口。

“呵呵。”

一个温柔的笑声在耳边响起。

我偏过头，看到了宇文熙灿烂的笑容，他好笑地问：“你干吗虐待自己？”

“没，没有啦，我就是觉得胸口好闷。”

我挠了挠头，如实回答。

“胸口闷？”

宇文熙的脸色顿时凝重起来，他关切地将手搭在我肩膀上：“难道是那天受了伤？让你在医院的时候检查一下你偏不听……”

“我没事啦！”

我被他的反应吓了一跳，看了看他搭在我肩上的手，小声说：“你不要担心，一下子就好了，现在一点都不闷了！”

他的手一搭上来，我的心跳都快停止了，胸口哪里还会闷？

“没事就好。”

宇文熙不动声色地缩回了手，笑了笑。

“柳心说上午有游泳课，我……我去教室准备一下，先走了。”

我尴尬地挥了挥手，就要转身离开。

“你要去上游泳课？”

宇文熙喊住我。

我回过头，奇怪地看着他：“是啊，有什么问题吗？”

咦？

为什么他和柳心的反应都这么激烈？好像我上游泳课是什么大事一样！

宇文熙盯着我的脸观察了许久，才又恢复了原本淡然的笑容，轻轻地对着我摇了摇头：“没有，你走吧。”

“那……再见。”

我带着疑惑，朝教室走去。

可当我兴奋地穿着泳衣走进游泳馆站到游泳池旁边时，我发现对我的出现表示惊讶的不止柳心和宇文熙。

全班的女生都用看到鬼般的眼神盯着我。

就连体育老师都朝我投来了担忧的目光，还特意问道：“包可心同学，你真的可以上这次的游泳课吗？”

“当然可以啊。”

我点头。

体育老师见我这么肯定地点头，也没有再说什么，做了热身活动后就开始了现场教学，一开始他还担心我，后来见我在水里并没有问题，就不再只盯着我一个人。

我才开始学游泳，不敢离池边太远。

可我渐渐地发现自己竟然游得还不错，就像脱了缰的野马，得意忘形地往游泳池中间游去……

哈哈！

我就说嘛，我那么喜欢游泳，长大了有了条件怎么可能没学过？虽然失去了记忆，但我的身体分明还记得怎么游，怪不得我趴在泳池边学习的时候，老师和同学们都用奇怪的眼神看着我。

可就在我游得开心的时候，我眼角的余光瞟到了一个人——

妈呀！

荆明天！

他正站在游泳池边，用阴沉的目光死死地盯着我！

我被他恐怖的眼神吓了一大跳，小腿肚忽然传来一阵抽筋的感觉，顿时我就朝水里沉了下去……

“咕噜咕噜——”

我在水里挣扎着，喝了好多口水。

眼前渐渐地模糊了起来，可就在这个时候，我听到“扑通”一声，好像有人跳下水朝我游了过来。

我的身体渐渐下沉，脑海里却莫名其妙地不停重复播放起一个画面来——

画面里我也是在水里，我看到有一个人朝我游了过来，他托住我的身体，把我往上拽，我看到了那个人的腰间有一个雪花形状的胎记……

那个胎记不断地在我眼前放大，放大……

“可心，可心你醒一醒啊！”

焦急的声音在我耳边呼喊着，让眼前的画面也骤然停止。

“噗——”

我吐出好大一口水后，慢慢地睁开了眼睛。

宇文熙？

怎么是他救了我？

只见他全身湿淋淋地蹲在我面前，眼角眉梢都还挂着水滴，温柔的脸庞上带着焦急的神色。在看到我睁开眼睛后，他长舒了一口气。

“没事就好。”

他这才展开了一个安慰的笑容，拍了拍我的脑袋：“不能上课就不要勉强，你都快吓死我了知道吗？”

我的脑袋依然处于死机状态，懵懂地看着他，又扭过头去看了看黑着脸站在一边动都没有动一下的荆明天。

所以，我记忆里的那个人是宇文熙吗？

我想都没想，忽然伸出手去，掀开了宇文熙的衬衣。

没有！

他的腰上没有胎记！

那我记忆里在水里救我的那个人是谁？

在场的所有人都被我的举动吓了一大跳，宇文熙更是当场愣住。

“怎么可能没有？”

我不死心地继续寻找。

在我掀着宇文熙的衬衣，试图将他的衣服再拎高一点寻找胎记的时候，一个暴跳如雷的声音响起来：“包可心，你的手再动一下试试？你到底有没有羞耻心啊，竟然在大庭广众之下做出这样的事来！”

在我还没反应过来之前，我就被荆明天一把拎起来。

“跟我走！”

说着，他把自己的外套往我身上一扔，将我拖出了游泳馆。

等我反应过来时，我已经被他带回了家，丢进了房间，房门还被从外面紧紧地锁了起来。

“啪啪啪——”

我用力地拍着门，大声喊道：“喂，你干吗把我关起来？我还要去找宇文熙，我还有事情没弄清楚！”

“闭嘴！”

门外传来一声巨响，是荆明天用拳头敲打的声音。

啊！

我缩了缩脖子，不敢动了。

这时，门外传来了江叔焦急的询问声："少爷，现在不是上课时间吗？你跟可心小姐又发生什么事了？"

"今天中午不要给她送饭，让她一个人好好反省一下。"

荆明天答非所问，气冲冲地命令道。

"啊？"

江叔满是惊讶，又问道："你上午接到柳心小姐的电话就匆匆忙忙去了学校，是为了可心小姐的事？是不是你们之间……"

"不要问了。"

荆明天郁闷地打断了江叔，还不忘吩咐："打电话去学校给她请假，我看她现在也没脸去学校！"

……

听了他们的对话后，我不再拍门了。

原来是柳心啊！

是她打电话给荆明天报的信吗？

不过，事情也太诡异了吧？我不就是上了一堂游泳课，他们怎么都搞得我好像做了什么不得了的大事一样？

而且我掀起了宇文熙的衬衣，荆明天干吗那么生气？

难道……

该不会……

他真的因为我吃醋了？

我看了看我身上的外套，上面还残留着淡淡的香味，是荆明天喜欢的那一款香水，带着兰草的香味……

呃！

我在干什么？

我怎么像个变态狂一样啊！

我把荆明天的外套丢到床上，心里像是有一百只羊驼奔过，不由得又想到刚才记忆里的那个雪花形状的胎记……

到底是谁呢？

只要找到救我的人，我是不是就能找回记忆？

接下来的几天里，我都在为胎记的事情烦恼，而荆明天对我横眉冷对了几天后，似乎也慢慢地消气了。

但是，每次看到我跟宇文熙走近，他都会想方设法地拉开我们……

3

窗外阳光和煦，不时传来小鸟的呢喃声，阳光透过白色的蕾丝窗帘映照在我的床头，十分悠然宁静。

那个人不是宇文熙，会是谁呢？

荆明天那个家伙，怎么看都不像是会跳到水里救我的人。但是……我想起上次他不顾危险挡在我身前，替我挨了打……

妈呀！

该不会真的是他吧？

我横躺在床上，一头长发从床尾掉下去，散落了一地。

“吱呀——”

房门被人从外面推开来。

我的姿势显然让荆明天很受惊，他对着我吼道：“你这又是在干什么？一大早就来吓人。”

少爷，你讲点道理好吗？

“明明是你一大早房门也不敲跑到别人房间里来，还说是我吓你，我才要被你吓死了呢……”

我不满地嘟着嘴，嘀咕道。

“你说什么？”

荆明天听得清清楚楚，却故意装作什么都没听到，倒打一耙先把我唬住。

可怜的我，即使知道他的意图，也不敢指出来，只得乖乖地从床上爬起来，谄媚地说：“我是在说，少爷你这么早来我房间，肯定是有重要的事吧？”

“也没什么重要的事。”

他略显别扭地看了我一眼，想了半天才说道：“网球社今天有一场比赛，你作为音乐社社长应该有义务去观看加油吧。”

“网球社的比赛？”

我想起在学校宣传栏里看到的海报，摇了摇头：“不要，柳心说那是体育部组织的活动，我是音乐社社长，跟我应该没有关系吧？”

作为一个拥有过“胖子”称号的我，对运动可是一点兴趣都没有！

“你真的不去？”

荆明天的脸阴沉沉的，看起来不对劲。

跟他在一起生活了这么多天，我也算是会看脸色了，见他不高兴，我不情愿地试探着问：“你是想要我跟你一起去？”

我这么一问，他的脸色一阵青一阵白地变换，然后又恢复了冷冰冰的模样，咬着牙硬邦邦地吐出了三个字——

“随便你！”

等等……

如果我想知道那个跳到水里救我的人是不是荆明天，我只要查看一下他的腰间有没有那个雪花胎记不就好了？

“我跟你去。”

我兴奋地套上鞋子就追了过去。

我的想法很简单，看网球比赛的时候，大家的注意力都在球场上，我可以趁荆明天不注意的时候拉开他的衬衣看一眼，这样就什么都明白了！

呵呵！

我在心里开心地打着如意算盘，但是……

荆明天没想到我会改变主意，忽然停下来，于是我的脑袋硬生生地撞到了他的后背，疼得我眼泪都要掉下来了。

呜呜！

痛死我了！

“你的肉是水泥做的吗？”

我摸着鼻子直叫唤。

荆明天看着我上蹿下跳的，也不说话，等我好不容易安静下来，他才指着我身上的粉红色睡衣说：“你想要穿睡衣出去？”

“呃……”

我低头看了看自己身上的睡衣，又抬起头盯着他。

“看什么？”

他皱着眉，冷冷地问。

我无奈地看着他，指了指我的房门说：“你这个坏脾气少爷在我房间里，我怎么换衣服？”

“你……”

对于我称他是坏脾气少爷，他表示非常不高兴，不过他也只是瞪了我好几眼，就气呼呼地走开了，还顺带把门摔得啪啪响。

我歪着头想了想——

反正这门是你家的，又不是我家的！摔吧！摔吧！

这么想着，我猛地发现，我好像不再像记忆中的自己了。以前的我说话做事习惯看别人的脸色，碰到凶一点的人就会变得像小兔子一样，恨不得缩成一团，现在我不但能跟荆明天这样的大魔王正常对话，还能反击调侃他……

我真的好像变得不太一样了呢！

但是，我又跟他们口中说的包可心相差十万八千里，我的爱好兴趣跟她一点都不一样，更别说传说中她的能力，她的霸气，我可一点都比不上哦！

我们真的是一个人吗？

记忆……

也许只有我找回记忆，这一切谜团才能解开吧！

所以，首先我要知道那个在水里救了我的人是不是荆明天，说不定只要看到那个胎记，我就会记起一些事情来。

带着疑问，我换好衣服，跟着荆明天来到网球馆。

很快我就发现，我的计划全被打乱了——

荆明天根本不会跟我坐在一起看网球赛，我也没机会去掀他的衣服，因为他就是网球社的参赛队员，还是王牌队员！

有没有搞错？

为什么我事先不知道，荆明天也不告诉我？

我欲哭无泪地坐在赛场旁的凳子上，手里拿着毛巾和矿泉水，眼看着一只网球掉在了我的身边。

然后，场上响起了荆明天的喊声："愣在那里干什么？把球丢过来！"

"哦——"

我有气无力地答应着，将球捡了起来。

继扮演后勤人员之后，我又沦为了球童，场上就看见我一个人在那里忙来忙去，跑东跑西。

"可心，你不累吗？"

一个柔和的声音在耳边响起。

我偏过头看见宇文熙走过来，他穿着亮黄色的网球服，简直快要闪瞎我的眼睛。

好帅啊！

我都能听见自己吞口水的声音了。

宇文熙见我发呆，好笑地伸出手在我眼前摇了摇。我这才回过神来，赶紧回答他的问题。

“不，不累。”

我注意到他身上穿的网球服竟然不是金桂学院的，于是好奇地问：“你不是我们学校的吗，怎么穿着别的学校的队服？”

他看了我一眼，好像并不觉得我的问题问得不妥，慢慢地跟我解释：“因为我以前在‘星瑜’上学，也是上个学期才转来‘金桂’的，我在‘星瑜’的师兄前段时间受伤了，我就暂时代替他参加比赛。”

原来是这样啊！

我本来要给他加油，可忽然又转念一想——

“那这样，你不就要跟荆明天对战？”

我担心地看着他。

他跟荆明天的关系可以用水火不容来形容，平常在家里荆明天就看他不顺眼，处处跟他作对，现在要是真的对打起来，荆明天肯定会趁机报复……

“没关系。”

宇文熙依然不在意地笑着。

他总是这样云淡风轻，好像不管荆明天对他怎么样都没有关系，唯一一次有大的情绪波动也是上次在医院里了……

说到底，他对荆明天还是有感情的吧？

家人和血缘是怎么都冲不散的羁绊，就算他们再无视彼此，但还是会在乎对方，我也相信有那么一天，他们会握手言和，和平共处。

然而，现实可没那么美好！

轮到宇文熙上场的时候，荆明天就像铆足了力气要打败他一样，手中的球力道十足地朝宇文熙的方向打去，好几次都差点砸到他身上，幸好宇文熙的技术也不错，恰到好处地化解了网球的力道，接住了球……

一场球打下来，全场都看得心惊胆战。

中场休息，我正想松一口气，就看见荆明天全身散发着怒焰朝我这边走过来，我吓了一跳，马上谄媚地先递过毛巾和水。

“呵呵，你打得真是太好了！”

我赶紧拍马屁，千错万错马屁总是不会错的。

“哼！”

怎么又是哼？

“别拍马屁了。”

荆明天擦了一把汗，喝了一口水后忽然冷冷地讽刺道：“看我赢了宇文熙，你心里肯定难过死了吧？”

“啊？”

“上场前，你是不是跟他说一定要加油，要打败我啊？”

荆明天见我发愣，把毛巾往我头上一扔：“就你看着他那到花痴样，口水都快流出来了，还在我面前演戏！”

我明白过来，原来他是在计较上场前我跟宇文熙的交流，怪不得打球的时候，他总是一副阴沉沉的表情，往我这边看时，那眼神……

好恐怖！

为了不让他误会，我决定解释一下：“我没有跟他说加油打败你啦，我只是担心你们两个人……你那么讨厌熙哥哥，肯定会对他……不是，我的意思是说，万一你故意出手很重，让他受伤……”

妈呀！

我怎么越解释越乱？

眼看着荆明天的目光越来越冷，我只能慌乱地转移话题：“你的额头上好多汗哦，我帮你擦擦吧！”

“你……你干什么？”

荆明天没想到我会忽然这么做，吓得连躲都没来得及躲，身体僵硬地站在原地，任我给他擦额头上的汗。

他太高了，我踮着脚才能擦到他额角的汗，但是踮起脚我又会失去平衡，所以我下意识地用一只手撑在他的胸膛上。连我自己都没发现，我们此时的姿势有多暧昧，现场有多少人看着我们……

等发现过来，已经太晚了。

“包可心！”

荆明天急忙推开我。

“呵呵，我是怕你热嘛。”

我干笑两声，看了看手里的毛巾，不知道该怎么圆场。越是在这种时刻，我的大脑越像是缺了一根筋。

“你……”

荆明天被我气得不行，额头上流的已经不知是冷汗还是热汗了。

他干脆撇开我，坐到一边生闷气。

大家的注意力也渐渐从我们身上移开，我这才想起来我这次跟荆明天来看网球赛的目的是什么，便偷偷往他看过去……

荆明天正在闭目养神，为接下来的比赛做准备。

我慢慢地移到荆明天坐的那条凳子上。

没错，我只要趁现在他闭着眼睛，也没有注意到我的接近，用迅雷不及掩耳的速度掀开他的网球服……

谁知我的手才接触到荆明天的衣角，他就睁开了眼睛，顿时我们俩尴尬地大眼瞪小眼，沉默地看着对方。

“你又想干什么？”

他皱着眉，盯着我放在他腰间的手。

“那个……”

我结巴了半天，眼神闪躲着编造理由："我看你打了这么久的球，像是很累了，就想……给你按摩一下，呵呵呵。"

笨啊！

这个理由连我自己都不相信！

可荆明天只是看了我一眼，没有戳破我，指了指肩膀说："我的腰不需要按摩，你给我按下肩膀吧。"

呜呜……

真是偷鸡不成蚀把米！

没办法，我只能任劳任怨地站到他身后，给他按摩起肩膀来。

我一边按一边可怜巴巴地朝网球场对面的宇文熙投去求救的目光。

他朝我笑了笑，算是安慰我，还朝我挥了挥网球拍，像是说会给我在场上讨回公道。

果然还是他比较好！

就在我和宇文熙进行眼神交流时，荆明天忽然站起来，冷冷地说："你们两个还真当我是瞎子吗？"

说完，下半场的哨声响了起来，他气冲冲地上了场。

呃？

他不是闭目养神吗？怎么什么都知道？

我撇了撇嘴。

下半场，两人之间火花四射，打得比上半场还要激烈，好几次球用力过猛对方接不到，打到了观众席上，把大家都惊到了。

最后，尽管荆明天赢了，但也赢得十分吃力，所以他并不高兴，回去的路上，一句话也不跟我说，到了家里也是摔门进了房间，晚饭都没出来吃。

4

吃完饭，我回房间，在走廊上碰到了江叔。

他正端着饭，准备送到荆明天房里。

我一看盘子里有肉有青菜还有汤，顿时想到了一个好主意——如果我把汤倒在荆明天的身上，然后假装帮他擦衣服上的汤渍，不就有机会看他腰上有没有胎记了？

哈哈！

我真是太机智了！

“江叔，这饭是要送给明天的吧？”

我讪笑着走过去，接过盘子，殷勤地说道：“我正好有事要找他，就让我顺便帮你把饭拿进去给他吧。”

“这……”

江叔为难地看着我。

“你不要担心啦，我会看着他把饭吃完的。”

我不等他开口就自顾自地说道，端过盘子就往荆明天的房间走去，江叔也没有追上来。

我走到荆明天房门口，一把推开门就进去了。

荆明天一个人坐在书桌前，也不知道在看些什么，见我忽然闯了进去，他吓得把那东西往抽屉里一塞，对着我吼道：“谁让你不敲门就进来的？”

说完他又觉得不对，马上敲着桌子改口：“包可心，我跟你说过，不准你进我的房间，你给我出去！”

呃……好凶！

我的手颤抖了一下。

“哎呀，你不要那么凶嘛。”

我顶着被他骂得狗血淋头的危险，示意了一下手中的盘子，大着胆子说：“爷爷

看你晚上没吃饭，就让我给你送饭来。”

这个家里他只怕荆爷爷，我也只好狐假虎威一次了！

听我说到爷爷，他的表情总算缓和了一点，冷冷地抬了抬下巴：“那你把饭菜放下，然后出去。”

“不行！”

我来这里可不是为了送饭的呀……

“为什么不行？”

荆明天目光凌厉地扫了我一眼。

“因为……”我把盘子放在书桌上，端起鸡汤递到他面前，“这是厨房特意为你做的鸡汤，爷爷吩咐我一定要看着你喝完！”

呜呜！

我真想为我的聪明才智鼓掌！

可荆明天完全不上当，他看了一眼鸡汤，紧盯着我说：“爷爷才不会让你这么做，他也不会关心我喝没喝完鸡汤。”

不是吧？

你们到底有没有一点家庭之爱啊？

我端着鸡汤的手抖啊抖的，眼看着演不下去，我干脆什么也不管了，闭着眼睛就把鸡汤往他身上倒，顿时——

荆明天被我泼了一身鸡汤，连下巴都沾到了！

好可惜……

我心疼地闻了闻迎面飘来的香味，还舔了舔嘴唇，完全忘了想自己现在闯了什么祸，伸手就去拽荆明天身上的衣服。

“包可心！”

怒吼声差点震聋我的耳朵。

我一只手揉着耳朵，一只手坚持要拉开他身上穿的白色衬衣：“对不起，我帮你

擦干净！”

可惜我并没有得逞，荆明天在我下手之前迅速抓住了我的手。

“你想干吗？”

“帮你脱衣服啊！”

“你……”

“你别躲啊，你的衣服都脏了，我帮你脱下来嘛！”

……

荆明天一直往后面躲，我就一直往他身边凑，每次我刚下手都会被他挡开，到最后荆明天真的火了。

“包可心，你到底想干什么？”

他竟然一把抓住我的手，用力地往后一扭。

我的手就这样被他反剪到身后，身体也被他压在书桌上动弹不了，手上传来的疼痛让我委屈地哭出来：“呜呜，人家只是想帮你把衣服脱下来弄干净而已嘛，你干吗这样对我，我的手好痛……”

见我哭了，荆明天这才放开了我。

“你一个女孩子，还有没有羞耻心，干吗要……要脱我的衣服？”他的脸阴沉沉的，说话的时候脸颊上还带着红晕。

“我才没有想那么多呢，再说看了长针眼的也是我，你怎么那么激动……”

我揉着手腕，红着眼睛看着他。

“你给我出去！”

荆明天被我气得跳脚，一把拽住我的手，将我往房门口拖去：“以后你要是敢再进我房间，我就真的扭断你的手！”

“砰！”

房门在我眼前重重地关上。

真粗暴！

我站在门口发了一会儿呆，又看了看发红的手，心里不由得直叹气：唉，又失败了！对荆明天这家伙还真难下手，简直就是铜墙铁壁嘛！

俗话说，失败乃成功之母！

我总结了教训后，决定再接再厉，跟荆明天这个顽固分子斗争到底！

不过，有了前几次的接触之后，荆明天好像对我有了防范，现在他只要看见我接近，就会刻意跟我保持距离。

真伤脑筋啊，我到底要怎么办呢？

“啪”

一双被水浸湿的球鞋扔到我面前。

“这是我的吗？”

我抬起头来，看着挂着一脸欠揍笑容的白子浩，无奈地摇了摇头：“你可不可以不要那么幼稚啊？小虎欺负我的时候就用这种方式！”

“小虎是谁？”

白子浩挑了挑眉，咧开嘴俯身凑过来，贱贱地说：“原来还有人跟我一样讨厌你，我可要认识一下。”

“小虎就是……”我想了想，诚实地回答，“应该是……我八岁的时候，隔壁班剃光头的小男生。”

“你竟然拿我跟小学生比？”

听了我的话，白子浩气得脸都绿了。

呃……

其实按我现在的情况来看，我也只是一个只有八岁记忆的小学生，这样说来，他连小学生都不如！

白子浩见我偷笑，火气噌噌直冒，气呼呼地又说：“早知道我就不把你的鞋丢到水里，应该丢到臭水沟！”

丢到水里……

对哦！

我瞟了一眼湿透了的球鞋，忽然想到了一个好办法——

如果荆明天像上次宇文熙救我的时候那样，跳到游泳池里，全身湿淋淋的，他就不得不脱衣服了吧？

“白子浩，谢谢你！”

我开心地跳起来，激动地抱住他。

被我抱了个满怀的白子浩身体先是一僵，然后马上用力地推开了我，满脸通红结结巴巴地喊道：“你，你是不是有病啊？我把你的鞋弄湿了，你干吗这么开心？”

看到这一幕的班上同学也都纷纷朝我们俩投来好奇的目光。

“呵呵，对不起啦，既然你那么喜欢这双鞋，我就送给你吧……”

我大方地朝白子浩挥了挥手，然后迅速跑出了教室。

几秒后，身后才传来白子浩的叫喊声：“包可心，你以为我是变态吗？谁喜欢你的臭鞋啊！”

这家伙的脾气真坏！

我掏了掏耳朵，假装没有听见，一心只想赶快实施我的新计划。

离下午上课还有一段时间，我知道荆明天每天这个时候都会从学生会大楼出来，然后经过学校的人工湖，到时候我只要让他跳下湖去……

听说他游泳技术一流，掉下去应该不会有事吧？

我惴惴不安地想着，等着荆明天的到来。

哇！

他来了！

倒计时开始——

三！

二！

一！

“救命啊，有人掉进湖里了，快点来救人啊！”

我扯开嗓子喊起来。

可是，荆明天只是往这边看了看，看到我后，就扭过头去，好像什么事都没有发生一样，继续朝前走去。

竟然不上当？

不是吧？

荆明天这个大魔王还没到灭绝人性的地步吧？如果看到有人掉进湖里，他绝对不会假装没看见的！

我就是笃定他会救人，才想到这个计划的啊！

“救命啊，有人溺水了，有没有好心人快来救人啊——”

我急了，一边喊着，一边回头观察荆明天的反应，可就在这个时候我的脚不小心绊到了岸边的石块……

“扑通——”

我一下掉进了湖里！

湖水很深，我挣扎了几下，水很快涌进了我的嘴里……

就在湖水要淹没我的头顶时，我被人迅速地捞了起来，救上了岸，肚子被人按压了几下，我哇地吐出了几口水……

果然人不能做坏事，会遭到报应的！

“呜呜……”

我难受得哭起来。

荆明天冰冷的声音在我身边响起：“你还有脸哭？包可心，你折腾了好几天，也该够了吧？”

“呃？”

我抹了抹眼泪，抬起头来看他。

荆明天全身湿嗒嗒的，刘海儿在滴水，领带歪歪斜斜的，但尽管这样，他看起来依然那么帅……

打住！

现在重要的不是这个啦！

包可爱，你不要忘记你的目的，都牺牲自己掉进水里了！况且，机会这么难得，周围人又那么少……

“你的衣服都湿了，我看……”

我咽了咽口水，伸手就要去撩开他的衣服。

“包可心！”

荆明天抓住了我不安分的手，皱着眉头愤怒地瞪着我：“虽然我不知道你为什么费尽心机想要……”他咬了咬牙，继续说，“想要脱我的衣服，我也不想知道，但我警告你，你以后再做这么愚蠢的事，我就真的不管你了！”

说完他就怒气冲冲地站了起来，甩下我一个人走了。

“喂，你不要再闹了，会长刚才看到你站在湖边的时候，脸都黑了……”

跟在荆明天身边的学生会助理阿信推了推眼镜，小声地跟我说：“还有啊，你怎么突然变得那么笨？湖里一点波纹都没有，你还在那里叫救人，你是不是那次从楼梯上摔下来，把脑子摔坏了？”

呃！

我就是脑子摔坏了啊！本来就只有八岁的记忆，能想出这个办法已经很聪明了。

我翻了个白眼，从地上坐起来。

而这个时候走远的荆明天却忽然返回，在我面前蹲了下来，一把扯开了我的衣领，将我的肩膀露了出来。

“你要干吗？”

我和阿信都吓了一大跳。

天啊！

光天化日之下，他要干什么？

可荆明天蹲在我面前，盯着我的肩膀看了好久后，眼神变得犀利起来，他抬起头，用冷冷的目光看着我：“你不是包可心！你究竟是谁？”

第五章

双　胞　胎　姐　妹

1

咖啡店里响着轻柔的音乐。

窗外，车水马龙，阳光洒在路两旁的大树上，繁茂的枝叶间漏下点点光亮，在人行道上绘出斑驳的光影。

“这是整形医院的单据，每一笔都清清楚楚，你也知道可心她爱美，肩膀上那么长一道疤痕当然要祛除啊……”

看着后妈从包里掏出一大堆资料摆在荆明天的面前，我心里的疑问也跟着解开，不由得松了一口气。

想起之前在人工湖边，他忽然拉开我的衣领，我可是吓了一大跳。

……

荆明天蹲在我面前，盯着我的肩膀看了好久后，眼神变得犀利起来，他抬起头，用冷冷的目光看着我：“你不是包可心！你究竟是谁？”

“我……是包可心啊。”

我一惊，冷得全身发抖，但还是不得不回答。

“你不要骗我了，如果你是包可心，那你肩膀上的疤痕，那道不小心被烫伤的疤痕，到哪里去了？”

荆明天的眼睛都在冒火。

我低着头，看了看自己的肩膀。被烫伤的疤痕？我小时候没有被烫伤过，我的肩膀上可是一点疤痕都没有……

“我是说，这些天你变得一点都不像包可心了。”

见我发着呆沉默以对，荆明天更加生气了，他一把将我从地上拽起来：“快点说，包可心去了哪里？你又是谁？”

我不知道啊！

现在，连我自己都开始怀疑，我究竟是不是包可心了！

“如果你不说，那我只有把这件事告诉爷爷，让他来决断了。”荆明天冷哼着，站起身来就要走。

“不要！”

我想都没想，冲过去抱住了他的腿。

万一我真的不是包可心，那也不能让他说出去。后妈说过如果得不到荆家的资金支持，老爸辛苦创立的公司就会倒闭，那些员工就会失去工作……

“放开你的手！”

荆明天居高临下，皱着眉吼道。

“不要，你等一下嘛！”

我用我仅剩的脑细胞想到了唯一的办法：“我，我打个电话给我后妈，让她告诉你到底是怎么回事，好不好？”

“你……”

……

我哀求了荆明天好久，他才答应让我给后妈打电话。

后妈接到电话后，就让我把荆明天约到了学校附近的咖啡店，还带来了所谓的证据。

荆明天认真地查看了那些医院单据，皱着眉自言自语似的问：“你的意思是说，包可心进行了整容手术，消除了那道疤痕？”

“对啊，上个学期就做了这个手术了。”

后妈瞪了我一眼，又笑着问荆明天：“不过……我们可心肩膀上有疤痕的事，很少告诉别人的，你是怎么知道的啊？”

“这个……”

荆明天的脸红了，连耳朵都跟着红了，他结结巴巴地回答：“我，我也是无意中，无意中看到的。”

“哦。”

后妈捂着嘴偷笑了一下后，忽然伸手过来握住我的手，叹了口气说：“我们可心啊，也是个可怜的孩子，长得……呃，长得漂亮就遭人妒忌，那道疤痕就是进金桂学院以前，在学校里被同年级的女生纵火烧伤的，幸好当时她从那个房间里逃了出来……”

“火？”

荆明天像是第一次听说这件事，惊讶地看着我：“我怎么从来没听你说过？你不是说是不小心烫伤的？”

“我……”

我也是第一次听说啊！

见我眼神闪烁，一脸懵懂，荆明天的眼神渐渐变冷了：“你怎么看起来也像是才知道？”

“没，没有，我怎么可能才知道……”

我吓得直往后妈身边缩。

“这件事过去那么久了，可心也想要忘记它，就不要拿来说了。”

后妈讪笑着，像是要隐瞒些什么，赶紧转移了话题：“明天少爷啊，你要是觉得这些单据有什么问题，可以直接去医院查问……”

“那倒不用了。”

荆明天摆了摆手，犀利的目光朝我看过来，若有所思地说：“既然事情已经说清楚，我也不会再追究。”

他真的没有再追究下去，心平气和地让后妈回去后，还给我点了一份我最喜欢的奶油冰激凌松饼。

“谢谢！”

闻到松饼散发出来的香味，我毫不客气地大快朵颐起来。

“好吃吗？”

荆明天坐在我对面，一只手放在椅子上，一只手撑着头，像只危险的黑猫般眯着眼睛看着我。

“嗯嗯。”

我一边吃一边满足地朝他点头微笑。

荆明天嘴角微弯，看似无意地慢悠悠说道：“根据我的了解，包可心对这种让人发胖的食物可从来都是一点都不会碰的……”

“咳咳咳——”

松饼噎在喉咙里，呛得我难受极了。

“慢点！”

荆明天不慌不忙地说，语气并没有太大变化。

呜呜！

我，我怎么觉得我掉陷阱里了？

他肯定是发现了什么，才故意给我点了奶油冰激凌松饼，引诱我吃了后，再说出让我胆战心惊的话，想要趁机呛死我，一了百了！

我的眼睛里冒出了因为被呛到而冒出的泪水，我抬起头紧张地朝他看过去，看到荆明天忽然站起来，朝我伸出手来。

妈呀！

他该不会看没有呛死我，想亲手掐死我吧？

“不要啊，我真的什么都不知道……”

我闭着眼睛大喊。

可荆明天的手并没有掐住我的脖子，而是轻轻地压在了我的嘴唇上，我感觉到他的指腹沿着我的嘴唇轻轻地一扫而过……

我紧张地睁开眼睛。

“奶油都沾到嘴上了！”

荆明天冷着脸，不悦地看着我。

我尴尬地抓了抓头发，顿时好想变成鸵鸟，挖个洞把脑袋埋进去。

“放心，我不会掐死你的。”

荆明天瞪了我一眼，冷哼了一声后又说：“你这样的金鱼脑袋，把你留在我身边，谅你也耍不了花样。”

“呃？”

他在说什么啊？

“好了。”

见我一脸不解，荆明天敲了敲桌子，催促道：“快点吃完，下午的课也快要开始了，要是迟到了，我就罚你把全校的厕所都打扫一遍。”

“不会吧？”

我来不及去想别的，赶紧埋头苦吃。

因为——

这家伙可真的不是随便说说而已！

三下五除二地吃完松饼后，我就跟荆明天回到了学校上课，不过一路上，我觉得大家看到我和荆明天走在一起时，眼神都有点吓人……

我低着头，打量了一下自己。

奇怪！

我把湿衣服都换下来了，身上的校服也干干净净的，没有什么地方有问题啊，他们干吗用那种目光打量我？

来到教室里后，我发现情况也是一样的，特别是莉娜，看到我从她身边走过，她还狠狠地瞪了我一眼，故意用嘲弄的口气说：“网上说得一点都没有错，防火防盗防闺密……”

她该不会是在说我吧？

我完全摸不着头脑，走了几步又看到了趴在桌子上眼睛红红的柳心，连忙关心地问道：“柳心，你怎么了？”

“我没事。”

柳心看了我一眼，吸了吸鼻子，又故意大声地说道：“我相信你，你喜欢的人是熙哥哥，你不会跟我抢明天哥哥的，你一定会把他让给我的，对吗？”

“我……”

我总算明白过来了！

敢情是这几天我为了查胎记的事，在学校里跟荆明天走得近了些，大家就以为我是故意缠着荆明天，要从柳心手里抢走他？

可是，选我做书童明明是荆爷爷的决定，又不关我的事，柳心想要跟荆明天在一起，他们也应该自己去面对啊！

“其实，荆明天跟我的事……”

我本想安慰一下柳心，告诉她荆明天跟我没关系，她却忽然抱住我大哭起来，导致全班同学都朝我投来谴责的目光。

柳心哭了一会儿，上课铃就响了起来，我连解释都来不及，只能回到自己的座位。

等到下课的时候，我正要去找柳心，可下课铃一响，她就站了起来，往教室外面跑去，像是有什么急事。

“柳心，你等一下我啦。”

我追了上去。

可她没有听见我的声音，一直在向前跑，显得精神奕奕，跟上课前判若两人，当时她明明哭得那么伤心……

我们的教室在三楼，跑到二楼转角的时候，我撞到了一个人，差点从楼梯上摔下去，幸好那个人扶住了我。

“跑那么快干吗？小心摔倒！”

温暖犹如春风般的声音响起来，宇文熙扶着我站起来后，还亲密地摸了摸我的头。

以前他也这么摸我的头，但今天的我特别敏感，我猛地跳开一步，躲开了他。

宇文熙的手停在了半空。

“呵呵，你在追谁啊？”

他不动声色地缩回手，问道。

“柳心。”

我小声地回答。

宇文熙把手搭在楼梯的扶手上，想了想说：“她应该是去找明天了吧，听说学生会有个紧急会议。”

所以，她才会显得那么开心吗？

也许这就是喜欢一个人的感觉吧，只要能见到他，就会觉得很满足；只要能待在他身边，就觉得拥有了全世界……我曾经也像柳心喜欢荆明天一样喜欢宇文熙吗？

我不由得盯着宇文熙的侧脸，想着想着脸不禁滚烫起来。

妈呀！

我干吗想这个问题啊？

就在我胡思乱想的时候，宇文熙忽然笑了起来：“可心，你不要这样盯着我，我可是会想歪的。”

“对不起，我走神了……”

我的脸都快要烧起来了。

“没关系。”

宇文熙不在意地摇了摇头，对我说：“既然你追不到人了，那要不要顺便陪我去一趟小卖部，我忘记吃午饭了。”

“好，好啊。”

我心里乱得很，顺口就答应了，低着头率先往前走去。

才走出教学楼没多远，楼上猛地传来一声大喊：“心机女！”

在我还没反应过来时，一桶水就从楼上倒下来，洒在了我的身上。

顿时，我从头到脚都湿透了，像一只落汤鸡。

我窘迫地站在原地，听见楼上传来大笑声，还夹杂着各种议论声，我却不敢抬起头来去看，鼻子一酸，眼泪哗哗地就往下掉。

呜呜……

我到底做错了什么？他们为什么要这样对我？

如果他们是为了柳心抱不平，可我跟荆明天的关系明明不是我能决定的。荆明天平时对我也不好，不是凶神恶煞地骂我，就是对我冷冰冰的，他们的眼睛都是瞎的吗？

其实，他们就是为了自己心中所谓的正义感，看到表面的现象，再加上想象，就给我判了罪，我究竟做了什么都已经不重要了，不是吗？

“可心，不要哭了。”

宇文熙从后面追了上来，看到这一幕，他走到我的面前，脱下自己的外套披在我的身上。

“呜呜呜……”

我一边哭着，一边不由自主地靠在了他的肩膀上。

现在的我，只想找一个地方躲起来好好地哭一场，而面前的宇文熙无疑是最好的选择，靠在他的肩膀上让我感觉十分安全。

“到底发生了什么？”

一个暴怒的声音打断了我的哭泣。

我吓得一哆嗦，从宇文熙的肩膀上抬起头来，看到了荆明天怒气冲冲的表情，他要杀人般的眼神正死死地盯着我。

“你觉得呢？”

宇文熙转过身去，指了指地上的一大摊水，淡定地反问。

荆明天皱起眉头扫了一眼地上的水，又朝楼上看过去，刚才还趴在走廊上看热闹的人被吓得一哄而散。

然后，他又深深地看了我一眼，冷声说道：“我会查清楚的。”

2

荆明天一向说到做到，没过几天，我就听说隔壁班的一个男生受到了记大过的处分，处分理由是实施校园暴力，那男生还写了几页纸的检查，贴在了布告栏里。

可我一点都高兴不起来。

因为我知道，就算他被处分了，学校里讨厌我的人还是有一大堆，荆明天这么做，反而让我在学校里越来越不受欢迎……

真不知道他是在帮我出头，还是故意想整我。

总之，在学校的日子，对我来说每一天都是煎熬，每一天都像是黑色星期五，不过幸好我还有周末和阿宝。

“演唱会的门票？”

听到阿宝的声音，我的心情一下子就好转了，从床上骨碌一滚爬起来：“真的吗？我还从来没听过现场演唱会呢！”

手机那头的阿宝说了时间和地点后，我就兴奋地挂断了电话。

“我马上就去！”

我迅速地穿好衣服准备出门，可才走到门口，就被江叔拦住了，他毕恭毕敬地说：“可心小姐，少爷说没有他的允许，你不可以外出。”

“凭什么啊？”

我惊呆了，反抗道：“我就要出去，我只是他的书童，又不是他的奴隶，他有什么权利不让我出去玩！”

虽然我这个书童也是徒有其名而已，但我就是以这个名义住在荆家的，我才不承认自己是那个冰块脸的未婚妻！

哼！

哎呀，我干吗也学他哼来哼去的？

“站住！”

就在我甩开江叔准备走出大门时，被荆明天拎了起来。

“你干吗？我要跟阿宝一起去听演唱会……”

我挣扎着，抓住了大门把手。

可我哪里是荆明天的对手，他一根根掰开我的手指，将我拖回了书房。

“啪——”

他把一大堆书全都扔在我前面，还一本正经地说：“今天你要读这些书给我听。”

“为什么要我读给你听？你不识字吗？”

我一肚子委屈地瞪着他。

“你不是说，你是我的书童吗？”

荆明天指了指面前的书，挑了挑眉，双臂环胸说：“难道这不是作为一个书童最基本的工作吗？”

“你明明知道我这个书童只是……”

这家伙肯定是故意的！

“只是什么？”

荆明天瞪着眼睛看我。

瞪什么瞪？不是你自己挑起事来的吗？又不是我要提到这么敏感的话题！

说起来，这几天他到底是哪根神经出了毛病，老是挑我的错，好像故意在针对我似的，以前他可是巴不得我消失了才好，才不会管我要去哪儿……

气氛变得诡异起来。

我们俩就这样大眼瞪小眼，大概持续了三四分钟，瞪得我眼睛都酸了，荆明天才忽然出声打破了局面。

“你要去哪里？”

“听演唱会啊……”

“我问的是，去听谁的演唱会？”

荆明天不耐烦地问。

“呃……”

我抬头看了看他，小声说：“我也不知道，阿宝只叫我去市中心那个圆圆的大建筑前面等她，没告诉我是去听谁的演唱会。”

“算了。”

荆明天无可奈何地摇了摇头，沉着脸说：“我才不想知道你要去哪里，我是怕万一爷爷又要我去接你……”

“不用来接我啦！”

想起上次他来接我的后果，我只觉得心有余悸，赶紧打断他。

哪知道荆明天听后完全误会了我，他冷下脸来，带着怒气朝我吼道：“你以为我想去接你吗？你放心，这次就算是爷爷叫我去，我也不会去的！”

“我不是那个意思……”

“哼！”

荆明天看也不看我，就气冲冲地走出了书房。

走到门口，他又返回，指着我说：“包可心，这里好像是我的书房吧？你，赶快给我出去！”

然后他将我拎起来，丢了出去。

“啪！”

房门在我眼前关上。

这家伙……

真的很不对劲啊！

说起来，好像从那天看到宇文熙替我擦眼泪之后，他的情绪就开始反反复复的，老做一些我没法理解的事。

我歪着脑袋想了半天也想不出他怎么了，这时候正好阿宝又打电话来催我，我就把烦恼都抛到脑后，开开心心地去找她了。

但是——

在喧闹的音乐伴奏中，我看着台上那个涂了厚厚的眼影，画着浓浓的眼线，拿着吉他在演唱的男生，震惊得嘴巴久久都没有合上。

白子浩！

竟然是他的演唱会？

我看了看周围，虽然只是一场小型演唱会，现场的观众大概只有两三百人，但每个人都热情高涨，举着荧光棒和手机在底下呐喊。

没想到白子浩的人气这么旺！

来之前阿宝就给我解说过了，这个地方在市中心最好的位置，光是场地费都需要不少钱，很多明星的粉丝见面会、大型的娱乐节目都会选在这里举行……也就是说，白子浩他们乐队的名气也不亚于那些明星。

而且，听了他的歌以后，我真的能感受到他对音乐的热情，他的音乐里充满自由，带着无限的幻想，好像能把人带进最美的天堂……

就在我发呆的时候，身边的阿宝用力地推了我一下。

“干吗？”

我回过神，扭过头看阿宝。

“啊啊啊——”

阿宝已经说不出话了，一边尖叫一边使劲拽着我的胳膊，而我这才感受到周围炙热的目光，还有激动到歇斯底里的人群的呐喊。

我呆呆地转过头。

白子浩已经跳下舞台，走到了我的身边。

他身穿一件黑色的皮衣，搭配黑色的牛仔裤，耳朵上还戴着环状的耳钉，近距离这么看他，顿时觉得他带着一股邪邪的帅气感。

他的嘴角微微上扬，对我伸出手，拿着话筒说：“这位漂亮的女生，你愿意做今天的幸运女神，跟我一起上台吗？”

哎呀！

白子浩这么跟我说话，还真是不习惯！

“不要……”

我想都没想就拒绝了他。以我对白子浩的了解，他肯定在打什么坏主意，我要是跟他上台去，那不等于羊入虎口？

呜呜！

我就说阿宝怎么运气变得那么好，在粉丝俱乐部抽票都能抽到前三排的黄金位子，这不是让白子浩有机会发现我吗？

这完全就是一个坑啊！

“喊，你说不要就不要啊！”

白子浩移开了话筒，对着我挤眉弄眼。

周围充斥着嘈杂的音乐声和尖叫声，完美地掩盖了我们的对话。

“哈哈，她说自己十分愿意！”

白子浩自顾自地说着谎话，一把拉住我的手，将我拖到了舞台上。

“那么，现在到了粉丝互动的环节，当然少不了我这个主持人啦。”

这个时候，另一个声音在舞台上响起。

我愣愣地回过头，看到柳心穿着黑色的亮片连衣裙，从舞台的另一边走过来。

为了配合今天的主题，她也画了浓浓的眼线，整个人看起来跟以往的公主形象完全不一样。

台下的“粉丝”看到她出场，也兴奋地尖叫起来。

她怎么会来白子浩的演唱会当主持人？

好厉害啊！

我站在这种舞台上腿都忍不住发抖，更别说主持了，再看看台下“粉丝”的响应，看来阿宝说柳心在各个学校都很有人气的传闻是真的……

“怎么是你？”

看到是我，柳心故作惊讶地捂住嘴，拿着话筒说道：“对不起，我刚才实在是太惊讶了。给大家介绍一下，这位‘粉丝’叫包可心，是我同班同学，她曾经在这栋建筑十楼的音乐大厅开过自己的个人钢琴演奏会……”

台下传来一阵掌声和呐喊声。

我看了看自己的手，不可思议地倒吸了一口气。

天啊！

原来我这么厉害，竟然还开过个人钢琴演奏会，怪不得后妈会让我那么说，而江叔当时也没有为难我！

但是，八岁之前的我明明一点都不会弹钢琴啊，我连钢琴都没有摸过，怎么之后的几年时间内我就突飞猛进，从菜鸟变成高手了？

“喂，谁叫你乱说话的？”

听到柳心不停夸我，站在我身边的白子浩已经忍不住对着柳心翻白眼了，就差抢过她的话筒，当着大家的面把我给生吞活剥了。

“可是……”

就在这时，柳心的话锋一转，忽然说道：“我记得她并不喜欢摇滚乐，还说过它是上不了台面的三流音乐，所以她今天竟然出现在这里，实在叫我惊讶，不知道她是不是想来听一听摇滚乐，然后跟钢琴曲比较一下？”

说完，她把话筒递给了我。

我没想到柳心会当着“粉丝”的面说这些话，顿时傻眼了，举着话筒良久才说出几个字：“我其实……”

这时，话筒又被柳心拿了过去。

“听说，你还给过我们主唱一耳光。像你这么豪爽的女生实在不多了，你今天是不是来挑战的？”

“我……”

我完全呆住了。

此时，台下的“粉丝”已经群情激愤，都开始叫骂起来。

“你是什么东西，凭什么那么嚣张？”

“会弹钢琴了不起啊！”

“竟敢打我们主唱，你这个臭丫头赶快滚下来！”

……

有人一边骂还一边往台上扔东西。

站在我身边的白子浩也完全傻眼了，站在那里半天没反应过来，等反应过来后，已经有激动的“粉丝”在朝舞台上爬。

“大家不要激动！请大家回到自己的座位上去！”

他大声地喊道。

可惜这时候已经没有用了，舞台本来就矮，我被一个从第一排率先爬上来的“粉丝”抓住了衣角，一用力就拖到了舞台边。

这时候，还有几个“粉丝”也跟着爬了上来，他们朝白子浩和几个乐队成员跑了过去。

眼看着场面就要失控，保安和警卫也跟着行动起来，双方发生了冲突，现场越来越混乱。

我站在舞台边缘看着这一切，不知所措。

“包可心——”

有人在喊我。

我回过头，看到了被几个“粉丝”包围的白子浩，他正朝我投来焦急的目光，并试着走过来想要抓住我的手。

但是，还是晚了一步，不知道是谁抓住我的脚踝把我拖到了舞台下面。

演唱会现场已经乱成一锅粥。

“呜呜呜，谁来救救我啊……”

我掉到舞台下面之后，并没有“粉丝”注意到我，他们纷纷趁机朝台上跑过去。

到底怎么了？大家不是要来抓我吗？为什么都奔着白子浩他们跑过去呢？

我缩在舞台下面完全不敢动，有几个人伸手来推搡我，也很快被人群冲开了，但我还是感觉到了四面八方传来的叫喊声和厮打声……

我闭上了眼睛，直到一个声音在我耳边响起。

“跟我走！”

然后，一只宽大而柔软的手拉住了我，将我拉进了一个温暖的怀抱，我一动也不动任他将我搂在怀中，跟着他往前走。

一路走出演唱会场地来到门口后，那个人才放开我。

“荆明天，谢谢……”

我一边从他怀中抬起头来，一边惊魂未定地道谢。

可看到眼前的人后，我震惊地捂住嘴巴喊道：“宇文熙，怎么是你啊？”

宇文熙的眼神黯淡了一下后，才重新恢复了淡定，他笑着说：“可心，我真是太伤心了，原来你心里想的都是明天……”

“没，没有啦！”

我慌忙摇头，跟他解释：“是因为，因为……我从家里出来的时候，只有荆明天知道我要来这里，我才会以为是他……”

“呵呵。”

宇文熙轻笑着拍了拍我的头，说道：“我开玩笑的，你不要这么紧张。”

“啊？”

我呆愣地看着他。

“其实这都是我自己的问题……”

宇文熙的眼睛里有我看不懂的情绪，他叹了一口气说：“明明知道你失忆了，我却不忍心拆穿你，反而自己越陷越深，喜欢上你……”

“你，你知道了！”

我对他后面的话充耳未闻，全部注意力都放在了前半句上，惊慌地问：“你什么时候知道我失忆的？”

天啊！

宇文熙为什么会知道我失忆了？

我觉得自己已经很小心了，虽然一点也不习惯，但我还是尽量按照后妈教我的，假扮成千金大小姐的样子，在学校里的时候，也很少跟同学们接触，免得露出马脚……

“其实，从你进荆家的第一天起，我就怀疑了。”

他双臂环胸靠在身后的墙上，目光凝视着我：“直到有一天，我看到你跟一个胖胖的女生手拉手走在大街上，有说有笑的十分开心，我情不自禁地跟了上去。你们肆无忌惮地说着小秘密，完全没注意到我……”

胖胖的女生？

我歪着脑袋想了想，他说的该不会是阿宝吧？

“听到你失忆的秘密后，我还特意让人查证了一番，后来想要找你问清楚，没想到刚找到你就被你推了一把，害得我跟子浩撞在一起，摔倒在商场里……”

宇文熙说到这里，大概是想到了那天的情形，不由自主地笑了起来。

呜呜……

他说的果然就是那天！

那天我跟阿宝玩得天昏地暗，哪里顾得了有没有人跟踪我们，俗话说，螳螂捕蝉，黄雀在后，没想到就这么被他抓到了！

我还狠狠地推了他，害他在大庭广众下丢脸，他肯定很生气吧？

呜呜，这下可怎么办？

“求你了，千万不要告诉荆明天！”

我几乎快要哭出来，拉着宇文熙的衣袖，哀求着他：“被他知道，我就死定了！他肯定会告诉荆爷爷，把我赶出去的！”

“放心，我不会告诉他。”

宇文熙好笑地摸了摸我的头，正要说些什么，却忽然顿住了。我看到他嘴角挂上了一丝恶作剧的微笑，然后他猛地将我拉进他的怀里，紧紧地抱住了我。

“你干吗？”

我受到了惊吓，想要推开他。

宇文熙却轻笑着，小声地在我耳边说道：“让我抱十秒钟，那么关于你失忆了这件事，我保证不会让荆明天知道。”

呃？

他这么说是什么意思？

我愣住了，没有再推他。

“包可心——”

一声平地惊雷响起，我还没来得及转头，就被一只大手狠狠地抓住胳膊，从宇文熙怀里离开。

我被荆明天粗暴地拽着走出了大厦，来到了地面的广场上。

“喂，你放开我啦！你要把我的胳膊拉断了！”

我吃痛地大喊。

荆明天听到我的喊声，这才放开了我。他转过身来，用冰冷的眼神看着我，大吼道：“你怎么那么厚脸皮啊，为他做了那种事还不够，为他被所有人唾弃还不够，你真的就那么喜欢他吗？”

我被他劈头盖脸地骂了一顿，心里十分委屈，不由得嘟起嘴无辜地问：“你说的是宇文熙吗？我为他做过什么啊？”

“你……”

荆明天停下来，凝视着我，眉头忽然深深地皱起来：“你……到底怎么了？如果说是在演戏，你的演技都可以拿奥斯卡最佳表演奖了。”

“我，我那个……”

我这才发觉自己说的话有问题，急得赶紧解释：“我就是不知道你在说哪件事啊！难道……你说的是我跟他表白的事？”

呜呜……

我真的不记得了！

荆明天，求求你放过我吧，别再说以前的事啦，老师总教育我们，做人要往前看，面向未来，春暖花开嘛……

“你真的是包可心吗？”

荆明天沉着脸，目光炯炯地看着我，然后猛地扣住我的下巴，将我的头抬起来。四目相对，我不由得心虚不已。

“我，我当然是啊！”

我避开他的目光，眼神四下闪躲。

“你是不是有一个双胞胎姐妹？”

荆明天又投下一颗重磅炸弹，我顿时呆住了，半天没回过神来。

可他并没有等我回答，就放开了扣住我下巴的手，盯着我叹了一口气后，用莫名伤感的语气说道：“包可心，如果你不是你，也许很多事情都会变得不一样，也许我就不会那么讨厌你了，也许我会……”

3

我有气无力地趴在座位上，歪着头看着窗外的枫树发呆，只要看到有一片树叶往下掉，就忍不住叹一口气。

……

“你真的是包可心吗？”

“你是不是有一个双胞胎姐妹？”

“包可心，如果你不是你，也许很多事情都会变得不一样，也许我就不会那么讨厌你了，也许我会……”

……

从昨天开始，荆明天的话就在我脑海里无限循环，搅得我的脑袋都快要爆炸了，可我还是没弄清楚他想要说什么。

我不是我？

双胞胎姐妹？

我以前也想过，可是这真的有可能吗？

老爸跟老妈只有我一个女儿，又不是真的在演电视剧，哪来的那么多隐藏的双胞胎姐妹的故事？

可是，好像到目前为止，我还是没记起什么事情来，而包可心的爱好、习惯、性格都跟我相差太多，我想不通，一个人长大后真的可以改变那么多吗？

荆明天最后那句没说完的话又是什么？当时他看着我的眼神好复杂，如果不是宇文熙来了，我感觉他好像想伸手过来摸我的脸。

不……不可能吧？

唉，我想那么多干什么？

宇文熙都说了，荆明天一心想要把我赶出荆家，他那么讨厌我，我现在想的应该是怎么努力在他面前隐瞒自己失忆的事，虽然我也不愿意当他的未婚妻，但是为了老爸，我只能忍着……

不过——

唉！

在我叹今天的第十三口气的时候，我的耳边响起“啪”的一声，我的同桌白子浩拍着桌子站了起来。

“包可心，你烦不烦？你再哀叹一声试试？”

他忍无可忍地朝我吼道。

呃……

我没想到我无意识的叹气声会打扰他，马上转过头去，真诚地跟他道歉：“对不起，我不是故意的，我在想事情……”

“没，没关……”

白子浩莫名其妙地红了脸，结结巴巴地想说没关系，却忽然打住，脸色转为煞白，看着我说：“你，你以为我会说没关系吗？你这个臭丫头，你一定是对我下了什么诅咒，我不会放过你的！”

说完，他又猛地拍了一下桌子，气呼呼地走出了教室。

我这才发现，已经到了午饭时间，教室里没有几个人了，那白子浩怎么还陪我坐在教室里？

说起来，他这几天都怪怪的。

前段日子他还以欺负我为乐，找些蜘蛛、蟑螂放在我桌子里，淋湿我的作业本，上课踢我的脚，搞很多幼稚的恶作剧，但最近他好像偃旗息鼓，很少找我麻烦了，不知道是玩累了，还是觉得不好玩了。

而且，上课的时候，我总觉得他在看我，等我转过头去，他不是马上躲开我的目

光，就是红着脸瞪着我，叫我看黑板……

我一边想一边收拾书包，也准备去食堂吃午饭。

刚走到食堂二楼，我就看到了荆明天，他正坐在他特定的位子上优雅地吃着饭，我赶紧低着头转身就走。

“嗨，可心——”

可他身边的柳心还是看到了我，喊出了我的名字，还喊得特别大声。

不要啊！

这个时候见到荆明天，我都不知道该说些什么……

我假装没有听见她的喊声，加快脚步离开，走到一楼的快餐厅才松了一口气，看来只能买汉堡和薯条回教室吃了。

“阿姨，给我拿三个汉堡、两个鸡腿、两包……”

说到一半我停了下来，因为周围的同学都震惊地朝我看过来。

冷汗直冒的我赶紧补救：“对不起，阿姨，我只要一个汉堡和一包薯条……”

呜呜！

为什么大家还看着我？

包可心以前是吃得有多少，一个汉堡和一包薯条都多吗？

我咬了咬牙，又跟窗口的阿姨说道：“不，我只要一包薯条。这样总行了吧？”

再不行我会饿死的！

像是非常满意我的选择，周围的同学都收回了目光。

呃……

同学们，你们也太关注我了！

我从窗口接过可怜巴巴的一包薯条，摸了摸已经咕噜叫的肚子，无奈地打算回教室去。

呃……

我回过头，看了一眼餐桌上随意放置的番茄酱包，脚步不由得停了停。

那个好像是免费的哦！

因为怕别人看见，我偷偷摸摸地走过去，装作在找东西的样子，小心翼翼地塞了十几包番茄酱放进我的小包里。

多拿一些放到储物柜里，饿的时候还可以填填肚子！

我知道这种贪小便宜的行为非常不好，可是自从进了荆家，我没有一天是真正吃饱的，每天都觉得很饿的我，比做小胖妹的时候还要难过。

我一边想着一边回到了教室里。教室里只有零零散散的几个人，见大家都没注意到我，我偷偷摸摸地跑到储物柜前，将番茄酱包全塞了进去，然后才心虚地回到座位上，假装不在意地拿出薯条来吃……

“可心——”

忽然，身后有人叫我的名字。

我吓得手一抖，薯条顿时掉了好几根。

谁啊？

我惋惜地看了看地上的薯条，哀怨地回过头，却看见宇文熙帅气地站在教室后门口，朝我微笑地招手。

“宇文熙？”

我依依不舍地放下薯条，朝他走过去：“你来找我干什么？”

“呵呵，你现在对我这么生疏可真让我伤心，说起来还真是想念你以前随意叫我阿熙的时候……”

宇文熙弯起唇角，遗憾地笑。

“嘘——”

我一把拉过他，小声地说道：“你不要那么大声啦，你没看到莉娜一直看着我们吗？要是被她听到了怎么办？”

“没关系，她也只会误会我们现在的关系而已。”

宇文熙不在意地说。

“什么关系？”

我没太明白他的意思，心里想的是赶快把他从教室拉走，便挽住他的手臂往外拖：“快点走啦，我们去外面说。”

拉着宇文熙到了僻静的角落，我才停下来。

我这才注意到我亲密地挽着他的手臂，于是赶紧松开，脸颊发热地小声道歉：“对不起，我不是故意的……”

“为什么要说对不起？”

宇文熙浅笑着问。

“我知道你不喜欢我跟你有肢体接触……”

我挠了挠头，尴尬地说。

包可心热烈追求宇文熙的事可是闹得尽人皆知，这些天我从阿宝那里听到了太多关于我曾经追宇文熙的各种版本的传言，所以现在很理解以前为什么每次宇文熙见到我，都有一种厌恶的感觉……

“你说的没错。”

宇文熙歪了歪头，想了想说：“不过那也是你失忆以前的事了，现在……我并不讨厌你的接近，反而对你充满了兴趣。”

“啊？”

我目瞪口呆地看着他。

虽然上次他答应帮我隐瞒失忆的事，又三番四次地帮我解围，但我知道他并不喜欢我，他帮我也只是想要跟荆明天作对而已……

可是，他现在这么说是什么意思？

“呵呵。”

我来不及细想，宇文熙就转移了话题，他从随身携带的袋子里掏出两个饭盒，递到我面前：“你中午肯定没有吃饱吧，这是我早上请厨师长特意帮你准备的糖醋小排和牛肉肠粉，平时在家里吃饭，看你最喜欢这两道小菜……”

“真的吗？”

听到有吃的，我马上把其他想法抛到了九霄云外，一把接过饭盒打开来，香味扑鼻而来，顿时我的口水都快流出来了。

不过我还是忍住了，抬头问宇文熙："你吃过了吗？"

"吃过了。"

他微微一笑，又从袋子里掏出一张餐巾布，走到草坪上铺好，对我说："到这里坐着吃吧。"

"这样不好吧？"

我往四周看了看，生怕被别人抓个正着。

要知道金桂学院可是有不准在公共场合吃东西这种变态的规定的，万一被纪检部的人抓到就麻烦了。

"不用担心，这个时间没有人会来这里。"

宇文熙好笑地看着我紧张的样子，又补充道："没关系，你坐在这里慢慢吃，我给你望风好了。"

说着，他真的站起来走到路口观望。

"咕噜咕噜——"

听到肚子发出的抗议声，我再也忍不住了，打开饭盒坐在草坪上吃起来，不一会儿就把两盒饭菜吃了个精光。

呜呜……

这是我失忆以来吃得最饱的一次了！

"你真的是包可心吗？"

忽然传来的声音吓了我一跳。

我抬起头，发现宇文熙不知道什么时候已经来到了我对面，他侧躺在草坪上，右手撑着下巴，像一只猫一样眯着眼睛盯着我。

"我……"

为什么这两天大家都在问我这个问题？

我结巴起来。

连我自己都不知道问题的答案！

可宇文熙好像也没想要我的答案，他见我一脸为难，反而笑了起来："我还真是喜欢你这样吃东西的样子，真的很可爱。”

“呃？”

他的思维怎么那么跳跃？

“像一只饿了很久的流浪狗……”

宇文熙狡黠地眨了眨眼睛。

我愣了好久才反应过来，把饭盒放下，叉着腰做出气鼓鼓的样子：“喂，你到底会不会说话啊？你才是流浪狗！”

“呵呵，你生气的时候更可爱，像一只青蛙。”

宇文熙坐了起来，调笑地看着我，继续说道：“下次你不要穿粉红兔套装，穿青蛙装应该更适合……”

这家伙，果然也不是什么好人！亏我刚才还差点被他雪中送炭的行为感动得痛哭流涕！

跟宇文熙玩闹了一会儿后，我才回到了教室。

我心满意足地摸着肚子，舔了舔嘴唇，对糖醋小排和牛肉肠粉念念不忘。荆家的厨师做的菜就是好吃，在饭桌上不能吃得尽兴，今天终于让我有机会得偿所愿，大口地吃菜，想想就觉得开心……

“天啊，谁动了我的储物柜？”

这时，教室后面传来一声惊呼。

我不由得回过头去，看到柳心站在她的储物柜前，正愤怒地叫喊着：“到底是谁把番茄酱倒在我衣服上的？这种恶作剧也太恶心了！对我有什么不满可以当面跟我说啊！”

一片寂静。

大家都不敢说话。

“怎么了？”

我担心地走过去，只见柳心放在储物柜里的校服上沾满了番茄酱，白色的衬衣都染成了红色，看上去触目惊心。

“是谁？到底是谁做的？”

柳心正在气头上，又怒气冲冲地环视了一圈众人。

虽说这件事跟我一点关系都没有，但我还是有点心虚，忍不住朝旁边看过去。我的储物柜就在柳心的旁边，而那里还藏着一堆番茄酱包……

“是包可心做的。”

一直站在那里看热闹的莉娜注意到我的反应，马上跳了出来，她得意地指着我说道：“中午的时候，我看到她一个人鬼鬼祟祟地在储物柜前徘徊，除了她还会有谁？”

她的话一出口，教室里顿时一片哗然。

“可心，真的是你做的？”

柳心愣了一下，接着露出既震惊又气愤的表情，瞪着我大声说：“你为什么要这么做？你也太过分了！”

“不是我，我没有……”

我不停地摇头，急得不知道怎么办才好。

“我也看到她在那边走来走去。”

“就是她啦，我当时在写作业，她从后门进来就走到了储物柜那里，偷偷摸摸的。”

“虽然我没有太注意，但包可心是从后面走过来的。”

……

中午在教室里的几个同学七嘴八舌、添油加醋地说道，可见我的群众基础有多差。

我差点都要哭出来了。

“没有，我真的没有，我只是……”

我只是往储物柜里放了番茄酱包啊。而且我打开的是自己的柜子，怎么可能往柳心的柜子里撒番茄酱呢？

我忍不住又往自己的柜子看了一眼。

这下柳心也注意到了我的眼神，她指了指我的储物柜说道：“既然你说自己没有，那你敢打开你的柜子给我们看吗？”

说着，她也不等我回答，就伸手要打开我的柜子。

“不要——”

我来不及阻止，眼看着储物柜里的番茄酱包掉了出来，散落一地。

第六章

她　和　他　和　他

1

“包可心，你现在无话可说了吧？”

柳心生气地指着地上的番茄酱包，对我怒目而视：“我知道你心里在想什么，你不就是嫉妒我跟明天哥哥感情好，担心自己在荆家待不下去吗？可明天哥哥讨厌你又不关我的事，像你这样的人永远都不会有人喜欢……”

她终于说出了自己的真心话！

可大家并不关注柳心是不是说出了真心话，也并没有去想一向温和的柳心，此时此刻为什么像变了一个人似的，所有人都把矛头指向了我！

“我真的没有……”

看着同学们投来的鄙夷目光，我鼻子一酸，委屈得流下眼泪来。

我明明什么都没做，却要受到这样的对待，我真的觉得很难过。而且我知道不管我说什么都没有用了，反正在大家眼里包可心就是一个讨厌的人，而不管柳心怎么说，都会得到大家的支持！

“发生了什么事？”

就在这时，一个声音插了进来。

围观的同学自动分开。

我抬起头，看到荆明天正大步朝这边走过来。

他怎么来了？

这个时候，我一点也不想见到他！

“会长，我跟你说，包可心她有多坏你知道吗？她嫉妒你和柳心，就把番茄酱倒在了柳心的衣服上面，把她的校服都毁了，被我们抓了个正着，她却还不死心。你看她的柜子里都是物证。中午我也在教室里面，我可以做人证，除了我，还有几个同学也看到她……”

站在一边的莉娜见到荆明天，早就按捺不住了，她得意地把所有事情都说了出来，当然也没忘火上浇油，说了很多我的坏话。

“这件事是你做的吗？”

荆明天黑着脸扫了一眼地上的番茄酱包，皱着眉问我。

“我……”

他虽然用了疑问句，但说话的口气不带一点疑问，像是笃定了就是我做的，即便我说不是我做的，他也不会相信吧！

我低着头，不说话。

“明天哥哥，这还用问吗？人证物证都在这里了！”

柳心委屈地拉住荆明天的袖子，撒娇道：“可心她就是看我们俩关系好，心里不高兴，所以故意欺负我……”

“说话啊？”

荆明天见我不说话，脸色变得铁青，拉开柳心的手，捏住我的下巴把我的头硬生生抬起来，让我不得不面对他：“包可心，你真是越来越奇怪了，以前你就算再离谱也不会做出这种事情来，你到底在想什么？”

“我说没有……你又不会信！”

我倔强地扭过头，甩开他的手，缩着脖子往后退了好几步。

“她不说也没关系啦。”

莉娜翻了一个白眼，落井下石地插嘴道：“会长，你就把她交给纪检部处理好了，反正我们部长有的是办法让她说实话。”

纪检部部长？

那个长得很凶的肌肉男？听说他超级恐怖的，只要有人违反了校规，他都会毫不留情地处理……

“不要啊！”

我怕荆明天真的把我交给纪检部，赶紧冲过去想要求情，却一不小心一脚踩到了地上散乱的番茄酱包……

番茄酱包被踩破，里面的酱汁溅了出来，落在荆明天的裤子上。

“咝——”

围观的同学都倒吸了一口凉气。

呜呜！

完了！

“对不起，对不起……”

我带着哭腔一边道歉，一边蹲下去，伸手就要往他裤子上擦。

“你干什么？”

荆明天被我吓得往后一跳，用嫌弃的眼神看着我。

我蹲在地上，抬起头来尴尬地说：“我想帮你把裤子擦干净啊。你不是有洁癖，最讨厌别人把脏东西弄到你身上吗？”

“你这样像什么样子？站起来，不用你擦！”

荆明天黑着脸冷冷地说。

“哦……”

我正要从地上站起来，这时站在荆明天身边的莉娜忽然伸出一只脚绊了我一下，我踉跄着，身体向前摔去。

妈呀！

我怎么那么倒霉？

然而，就在我快要摔倒时，一个人扶住了我。

竟然是白子浩！

“不是她做的。”

白子浩扶着我站起来，他的脸一阵青一阵白，眉毛皱得紧紧的，看着我的眼神十分复杂。

听了他的话，柳心忍不住问：“你什么意思？”

“我说，你衣服上的番茄酱不是包可心弄上去的。”

白子浩又重复了一遍。

咦？

这家伙怎么了？

从刚刚开始他就站在一边什么话都没说，我还以为他看我被欺负被冤枉，心里不知道有多开心呢，可现在他突然站出来帮我说话，这倒是让我猜不透了……

他是哪根筋搭错了吗？

柳心也没想到他会帮我说话，愣了半晌才回过神来气呼呼地质问道：“你凭什么这么说？”

“对啊，证据都在这里了，你要怎么帮她洗白？”

莉娜也跟着附和。

“因为……”

白子浩看了一眼眼眶含泪的我，握了握拳头，激动地说：“因为番茄酱是我倒上去的，行了吧？”

什么？

不只是我，在场的所有人都傻眼了。

“不可能啊。”

柳心不敢相信地看着他，嘴巴张开了又合上，合上了又张开，半天才说道：“不可能，我们俩无冤无仇的，关系也一直不错，上次我还帮我表弟的忙，替你们主持了演唱会，你为什么要这么做？”

对啊……

白子浩不是一向以欺负我为乐吗，什么时候转移目标了？

就连我也觉得白子浩没有理由这么做，更何况柳心了。只有荆明天收敛了表情，一副不动声色的模样，双臂环抱站在那里……看戏！

“因为……”

白子浩结巴了半天，涨红了脸，狠狠地看了我一眼后，忽然自暴自弃般朝柳心喊道：“因为我想引起你的注意，怎么样？”

顿时，全班一片哗然。

“你——”

柳心被这突如其来的告白弄得脸一红，也不知道该说些什么。

白子浩冲我咬了咬牙，然后也不知道是不好意思还是气愤，拨开人群就跑开了，跑开之前，我分明听到他在我耳边小声地低吼：“都怪你！”

什么啊！

白子浩这家伙……

我还没有怪他，他怎么反而怪起我来了？要不是他想引起柳心的注意，把番茄酱倒在柳心衣服上，我怎么会被怀疑，受尽委屈？

我忍不住看了看被踩得乱七八糟的番茄酱包，为它们默哀。

唉！

沉浸在自己世界里的我，并没有发现有一道目光一直停留在我身上，像是在探究着什么，又像是已经找到了答案……

2

安静的夜晚，走廊上静悄悄的，屋外偶尔传来风声。

敲还是不敲呢？

我举起的手，又放了下来。

因为番茄酱事件，我泡了咖啡想要跟荆明天道歉，可站在他的房门口，犹豫了好久都没有勇气敲门。

他肯定生气了！

虽然我没有往柳心的校服上撒番茄酱，但要不是我藏了那么多番茄酱包在储物柜里，就不会被怀疑，也就不会把酱汁溅到他身上了……

今晚一定要跟他说对不起，不然以他记仇的个性，恐怕我又要遭殃！

我下定决心再次举起手来。

然而，就在这时，房门从里面打开了，荆明天走了出来，我低着头来不及反应，我们俩撞了个满怀。

“哗啦——”

手上的咖啡全倒在了他的身上。

“你站在我房门口做什么？”

荆明天被咖啡烫到，向后一跳，怒气冲冲地对着我吼道。

“啊，对不起，对不起……”

我惊慌失措地看着他胸前那片黑乎乎的咖啡渍，抓着自己的衣袖就要去给他擦，荆明天却一直往后退。

“要不然你把衣服脱下来吧，我帮你洗干净！”

说着我又伸手去脱他的衣服。

荆明天抓住我的手，气得脸都涨红了，咬牙切齿地怒吼道：“你……你脱我衣服脱上瘾了，是吗？”

“没，没有，我就是想弥补一下……”

我摇头解释。

“不需要！”

荆明天将我推开，凶巴巴地说道：“我不管你是谁，反正我就是讨厌你这张脸，自从你出现在我的生活里，我就没有一天安生过。我已经够烦了，不需要你再来捣乱！”

说完，他就“啪”的一声把门摔上了。

他在说什么？

为什么我一句都听不懂呢？

但是听到他又一次说讨厌我，我心里还是感到十分难过，而且他还那么凶地对着我说话，他的样子好可怕……

白天我已经被人莫名其妙地冤枉了一顿，晚上想要道歉又被骂，我越想越觉得委屈，忍不住蹲在荆明天的门口哭了起来：“呜呜呜，我已经很努力地讨好你了，你还想怎么样啊？我也是有自尊的，我也想得到别人的肯定，可是无论我做什么，你们都不喜欢我，我能怎么办？呜呜呜……”

“吱呀——”

房门再次打开来。

“呜呜呜……”

我依然抱着腿，坐在冰冷的地板上，哭得停不下来。

荆明天也不出声，就站在我身边盯着我，半晌大概是实在不耐烦了，他才无奈地说道：“你哭够了没有？”

哼！

他还是这么凶！

我停了一下，又要接着哭，荆明天却忽然冷冷地说道：“你端咖啡来不是要道歉的吗？道歉是这种态度吗？”

“那你接受吗？”

我惊喜地抬起头来，眼睛里还蓄着泪水。

“你贿赂我的东西都没了，你说呢？”

荆明天抬了抬下巴，向我示意掉在地上的咖啡杯，见我低下头去，他话锋一转说：“如果你想将功赎罪，就去给我做舒芙蕾蛋糕吧，我饿了……”

做蛋糕？

我迟疑了一会儿，高兴地点头道："好，我去做！"

我们从主楼走了一段时间才来到厨房，其间还碰到了起来巡查的江叔，听到我说要给荆明天做消夜，他还惊诧了好半天。

"江叔他刚才的表情真的好奇怪哦……"

我一边推开厨房旁边烘焙室的门，一边跟荆明天说。

荆明天愣了一下，然后才淡淡地回道："他大概是觉得太阳从西边升起来是件不可思议的事情吧。"

"啊？什么意思？"

我一点都没有听明白。

"没什么。"

荆明天把手插在口袋里，酷酷地环视了烘焙室一圈，脸上有了质疑之意："你确定你会做蛋糕？我担心，你连她唯一的优点都没有。"

她？

她是谁啊？

对了，他口中说的那个她该不会是指柳心吧？柳心很会做蛋糕吗？怪不得这家伙会让我给他做蛋糕，肯定是想念她了！

想到这里，我的胸口闷闷的，赌气地一把将他推出了烘焙室："我肯定会做啦！难道你不知道包可心是十项全能的女生吗？"

可把荆明天推出去之后，看着一堆材料的我开始犯难。

舒芙蕾蛋糕怎么做？

我搜索了脑海里所有的记忆，可是作为一个只有八岁记忆的女生，哪里会做舒芙蕾蛋糕这么复杂的料理呢。

怎么办？

我挠了半天后脑勺，只能求助手机搜索软件，幸好阿宝教了我用智能手机，不然我还真的束手无策呢！

嘻嘻，网上的视频教程这么多，我按照上面的做应该没有问题吧？

原来我一点都不笨嘛！

我沾沾自喜地按网上视频里教的一步步进行——

第一步，将蛋黄加糖搅拌，蛋白加盐和柠檬汁打至发泡，再分三次加糖打至9分泡。

第二步，取1／3的蛋白霜加入蛋黄糊中，拌匀，再筛入低筋面粉，搅拌均匀，最后倒入剩下的蛋白霜，拌匀。

第三步，烤箱加热，将黄油和牛奶混合后，加热至微微沸腾，拌匀后放至温热即可。

第四步，将黄油和牛奶倒入鸡蛋糊中，搅拌均匀，至面糊有光泽，再将面糊倒入铺了烤盘纸的烤盘内，轻轻震动后刮平表面。

第五步，烤箱170℃预热好，放到中层，15分钟左右表面按压有弹性。

第六步……

……

步骤虽然是这样，可我也不知道哪个环节出了错，到了第五步，我满脸面粉站在烤箱边等着要出炉的蛋糕时，状况发生了……

妈呀！

烤炉里传来一股焦味，还有浓烟冒了出来！

我赶紧去关烤箱，可是浓烟熏到了我的眼睛，我摸来摸去都摸不到开关，直到一只大手按住了我的手。

“我来！”

荆明天将我一把搂进他怀中，然后“吧”一声关掉了烤箱。

“我的蛋糕……”

我的第一反应就是先打开烤箱去拯救我的蛋糕。辛辛苦苦做了那么久，我心里可紧张它们了，结果却忽略了荆明天。

而且，我还狠狠地推了他一把。

“包可心！”

荆明天气得直瞪眼。

我戴着手套小心翼翼地把蛋糕从烤箱里端出来，发现下面那一盘蛋糕已经被烧得面目全非，只有中间那一盘还能看。

还好我看材料那么多，就多做了一盘！

“荆明天，你看，这一盘还不错！”

我兴奋地指着自己的作品，两只眼睛都能放出光来。

荆明天本来在发火，看到我的表情后整个人都愣住了，半天没有回过神来，直到我按照网上的步骤，给蛋糕抹上了奶油，再加上了芒果片……

我小心翼翼地切开蛋糕，用盘子装好递到他面前。

“快点尝尝吧！”

我期待地看着荆明天。

他这才反应过来，接过盘子，冷着脸说：“你把烘焙室搞成这个鬼样子，做出的蛋糕能好吃到哪里去……”

他虽然这么说，但还是拿过叉子叉起一块蛋糕塞进了嘴巴里。

“好吃吗？”

我睁大眼睛，紧张地看着他。

荆明天的脸是紫色的，好像谁掐住了他的脖子一般，他艰难地把蛋糕咽了下去，见我一直看着他，他张了张嘴准备评论……

“可爱，我听江叔说你在烘焙室……”

一个声音从门口传来。

我和荆明天同时转过头去。

宇文熙穿着睡衣，打开了烘焙室的门走了进来，一进来就捂住了鼻子。看到我和荆明天在一起，他皱了皱眉问：“明天，你怎么也在？”

荆明天也不回答，反而冷冷地问道："你刚刚叫她什么？"

天啊！

宇文熙刚才好像叫我可爱！

"我……"

宇文熙看了我一眼，眼神里带着歉意。

千万别说啊！

我吓得脚一软，踉跄着后退，撞到了身后的烤箱。

荆明天怀疑地朝我看过来时，宇文熙忽然说道："呵呵，我打算养一只猫，给它取名叫可爱，这几天一直跟可心念叨它的名字，所以刚才不小心叫错了……"

"养猫？"

荆明天的表情一敛，眉头皱了起来："宇文熙，你是要故意跟我作对吗？我说过不准在家里养宠物！"

"我知道啊。"

宇文熙耸了耸肩，淡笑着说："所以我说的是打算啊，可心跟我说过她对动物毛发过敏后，我就放弃这个打算了，就是平时跟可心幻想一下……"

说完，他对着我眨了眨眼睛。

"对对对，宇文熙叫错了，可爱是他打算养的猫的名字！"

我连忙附和着点头。

呜呜，说我是猫就是猫吧，总比被荆明天追根究底，发现我失忆了，然后把我从荆家赶出去强！

荆明天看了我一眼，又看了看宇文熙，竟然没有再追究。

他忽然反常地弯起唇角，指着桌上的蛋糕对宇文熙说："可心做的舒芙蕾蛋糕，你要不要尝一块？"

"对哦！"

我马上跟着兴奋起来，迅速切了一块蛋糕送到宇文熙面前："刚刚出炉的蛋糕，你赶快尝尝！”

宇文熙环视了一圈被我弄得乌烟瘴气的烘焙室，又朝荆明天狠狠地瞪了一眼后，苦笑着接过蛋糕：“谢谢你，可心。”

“不用谢。”

我抹了抹脸上的面粉，开心地看着他：“你快吃。”

在我追切目光的注视下，宇文熙用叉子慢慢地叉了一小块蛋糕放进嘴巴里，好像用了好大的勇气嚼了几下后，脸色就变得惨白惨白的。

“怎么了？不好吃吗？”

我担心地问。

“好吃，真的非常好吃，我还从来没有吃过这么好吃的蛋糕……”

宇文熙把蛋糕囫囵吞了下去后，微笑地跟我说，然后朝宇文熙看过去，咬着牙问：“我们会全都吃完的，你说是不是啊，表哥？”

“嗯。”

荆明天点了点头，脸上的表情耐人寻味。

呃？

这好像是宇文熙第一次叫荆明天表哥呢？

没想到我的蛋糕就这样消除了他们之间的隔阂。看到两个人都这么喜欢我做的蛋糕，我心里不知道有多高兴，拍了拍手说：“太好了，今天晚上烤坏了一个，明天晚上我再做一些给你们当消夜吧！”

“不用了！”

“不用了！”

两个人几乎异口同声地喊道。

等喊完后，他们俩才发现跟对方忽然如此有默契，脸上都露出了尴尬的表情。

“嘿嘿，不愧是表兄弟，你们俩真的好有默契哦！”

我不怕死地又提了一次。

“谁跟他有默契？”

“谁跟他有默契？”

两个人再次异口同声地反驳我。

我捂嘴憋笑。

荆明天沉下脸来，放下蛋糕转身就走，而宇文熙也不甘落后，想要比荆明天先离开，就这样两个人又在门口碰到了。

“哈哈哈……”

我忍不住放声大笑起来。

在我的笑声中，两个人扭头瞪了对方一眼，然后才气冲冲地分头离开。

等他们走后，我才猛然发现蛋糕都被他们趁机放在了大理石桌上，我赶紧把蛋糕放在盘子里追了上去：“喂，你们的蛋糕还没吃完呢！”

可两个人听到我的声音后，脚步越来越快……

咦？我怎么有种奇怪的感觉，好像……这两个人是为了躲避吃蛋糕，故意借着吵架跑开的？

应该不会吧？

我看了看盘子里的蛋糕，拿起一块咬了一口。

妈呀！

好难吃！

所以——

他们果然是因为我做的蛋糕难吃才逃跑的，呜呜呜……

3

尽管我做的蛋糕吓跑了荆明天，但我发现这几天他对我的态度有了很大改善，对我的冷言冷语也少了很多，这反而让我不习惯起来。

就像现在，在食堂找了一圈，我也没有找到空座位，他忽然指了指自己对面的空座位，对我说："坐我对面吧。"

"不，不用了。"

我受宠若惊，我哪敢坐啊。

在进学校的第一天，他就警告过我，在学校里最好不要跟他见面，我也是秉着多一事不如少一事的原则，很少跟他接触……

再说了，那是他的专用座位，大家就是挤成一团坐在一起，也会离得远远的，我今天要是一屁股坐下去，明天就会上金桂学院校报头条！

"嗯？你是要我过来请你吗？"

荆明天皱起眉，放下筷子。

这让我吓得赶紧摇头，"扑通"一声就坐到了椅子上。

算了！那样会立马成为焦点！

我坐下后，周围立刻传来了一阵骚动——

"你看，他们竟然真的坐在一起吃饭，我们会长不会真的接受她了吧？"

"那柳心不是太可怜了，我都要替她抱不平了。"

"说起来，包可心喜欢的人不是宇文熙吗？以前为了他要死要活的，怎么这么快就贴上荆明天了？"

"她当然要选会长啦，毕竟会长才是荆家的继承人！"

……

面对各种各样的议论，我只能假装没有听见，低头扒饭，心里却感到万分委屈，眼前精致的菜肴吃在嘴里一点滋味都没有。

虽然没有以前的记忆，但我也不能接受他们对我的批判，他们又不了解事情的真相，怎么能随便把别人说得那么不堪呢？

就在我红着眼眶扒饭的时候，荆明天忽然把筷子往桌子上一摔，站了起来吼道："都给我认真吃饭，吃饭的时候说什么废话！"

顿时，整个二楼食堂安静下来。没有人敢再说一句话，大家都默默地端着碗吃自

己的饭。

“谢谢。”

我满脸感动地看着荆明天。

他理都没有理我，坐下继续拿起筷子吃饭，好像刚才他那么做并不是为了我，但我知道他就是看我难过了，才站出来帮我的……

小小的插曲过后，我们安静地面对面吃着饭。像这样就我们两个人面对面相安无事地一起吃饭的场景，还从来没有过。

但是，这种感觉真的很好！

“嗡嗡——”

就在我安心地吃着香喷喷的排骨时，我放在桌上的手机振动起来。

我看了看，发现是一条短信，电话号码是陌生的，短信内容有点莫名其妙：“你会为你做过的事，得到应有的报应的。”

呃？

谁会给我发这种短信？

我并没有在意，因为每天我的手机都会收到十几条垃圾短信，广告啊，提示信息啊，各种各样的都有，难免也会有人发错短信。

“包可心。”

对面的荆明天忽然喊我的名字，把我吓了一大跳。

“啊？”

我猛地抬起头，看到他眉头紧蹙，用凌厉的目光看着我：“你有什么秘密最好告诉我，不然被我知道了你会死得很惨！”

“咕噜——”

我心虚地吞了一口口水，嘴里的排骨卡在了喉咙里，脸顿时憋得通红。

“你怎么了？”

荆明天发现了我的异常。

“唔唔……”

我难受地指着自己的喉咙。

荆明天慌乱地朝我走了过来，他一把从身后将我抱住，将我的头往下压，然后双手用力地将我的腹部向上挤压，排骨很快就被我从喉咙里吐了出来……

“啪啪啪——”

周围传来惊呼声和掌声。

我大口呼吸着新鲜空气，这才发现自己被荆明天从背后抱着，他的双手放在我的腰上，两个人的姿势暧昧无比……

这时，大家的目光也落在我俩身上。

我连忙挣扎了一下，从荆明天怀里离开。

荆明天看了看自己的手，脸颊上也挂着红晕，他凶巴巴地朝围观的人群又是一通吼：“看什么看？都给我散开！”

等大家散开后，我和荆明天都有点尴尬。

幸好这时，柳心端着餐盘走了过来，一看到荆明天，她就乐开了花，走过来撒娇道：“明天哥哥，我今天参加社团活动来晚了，你该不会吃完了吧？”

“还没。”

荆明天敛了敛神色，干巴巴地回答。

“你怎么在这里？”

柳心看见我，又低头看了看我放在桌上的餐盘，脸色阴沉下来，却故意装作没看见，还问我：“你要不要跟我们一起吃饭？”

“不用了，我吃完了。”

我难堪地摇了摇头。

“哦。”

柳心绕过我，径直走到对面，坐在荆明天旁边，还笑着对荆明天招手：“那明天哥哥，我们赶快吃饭吧！”

“包可心，你不要浪费……”

荆明天没有理她，反而往我的餐盘看了一眼，就要教训我，却被另一个声音打断：“你这个臭丫头，原来在这里！”

我转过头，只见白子浩端着餐盘，气势汹汹地朝我走过来。

“跟我走！”

走到我面前后，他一把抓住了我的手，就要往外面拖。

“你，你要做什么？”

我被他严肃的表情吓到了。

白子浩没有回答我，拖着我就要走，走了几步又停了下来，看了看自己手中的餐盘，顺手就把它丢到了坐在旁边的柳心面前。

“你给我这个干吗？”

柳心看了看餐盘中一点都没有动的食物，恼火地看着他。

“没意思。”

白子浩斜眼看着她，不耐烦地回答：“怕你饿着，让你多吃一点，不好吗？”

柳心大惊。

而荆明天自始至终什么话都没有说，只是若有所思地盯着我和白子浩，眼睁睁地看着他把我拖出了食堂。

白子浩拖着我，一路从食堂走到了僻静的角落。

我们刚停下，他就忍不住劈头盖脸地朝我问道：“你老实跟我说，你是不是曾经跟宇文熙告白过？你是不是喜欢他？”

“啊？”

我彻底愣住了。

他这么气急败坏、火急火燎地把我拖到这里来，就是要问我这个吗？

“装傻可不是你的风格。”

……

宇文熙也不生气，朝我绽放一个迷人的微笑，右手支在椅子扶手上，撑着脑袋眯了眯眼睛说道："尽管已经过了好几个月，可你对我的告白，我可是每一句都记在心里。虽然你说不需要我同意，只要我知道你喜欢我就可以了，但我还是在苦恼到底要不要给你答案，毕竟我觉得现在情况不一样了……"

……

看着白子浩急切的目光，我不由得想起以前宇文熙说的话，就点了点头，老实地说："我以前应该是很喜欢他，还跟他告白过吧……"

"你，你……"

白子浩听了我的回答，气得脸都白了，指着我半天才骂出一句："你怎么那么坏啊！"

啊？他这是什么逻辑？

就算我曾经喜欢过宇文熙，还跟他告白过，那也是我的一份心意，算不上是一件坏事吧，白子浩干吗莫名其妙地骂我坏啊？

我被他骂得委屈极了，不高兴地问："为什么啊？就算以前我跟宇文熙表白过，也不代表我很坏啊！"

"总之，你就是个坏女人！"

白子浩也不回答我，气呼呼地骂完最后一句，就头也不回地走了，留下我一个人站在原地发呆。

算了！

白子浩那个家伙本来就看我不顺眼，我怎么知道他哪根筋又搭错了，跑来找找我的麻烦啊！

我正要走，却看见宇文熙神色匆匆地从不远处走过来。

"嗨——"

我连忙跑过去跟他打招呼。

宇文熙看到我后，慌忙把手机往口袋里一藏，焦急地走到我面前："可爱，最近

有没有什么人来找过你？”

他怎么了？

为什么脸色看起来那么糟糕？

“没有啊。”

我摇了摇头，看了看他紧紧抓住我胳膊的双手，小声地问：“你说的是谁啊？最近我都没有碰到过陌生人哦。”

“没有就好。”

宇文熙松了一口气，放开了手，又紧张地说：“以后你最好不要单独一个人，我会时刻在你身边看着你的。”

“为什么啊？”

他今天的表现太异常了，这让我十分不解。

“因为……”

宇文熙收起慌张的表情，摸了摸我的头，故作轻松地微笑着说：“既然你失忆了，肯定有很多事情不记得了，我们应该小心一点……你不是怕被明天发现吗？小心一点总没错，我在你身边多少可以掩护你啊。”

他说得有道理啊！

我歪着脑袋想了想，认真地点了点头，赞同地说：“对哦，我是要小心一点，荆明天他最近都怪怪的，他很可能在怀疑我……”

不过……

我还是觉得哪里不对劲！

不让荆明天发现我失忆的秘密跟我不要一个人单独待着之间好像没有什么关系吧？我一个人待着的话，实际上更安全，也不需要宇文熙的掩护啊！

可我还来不及问他，他就匆匆忙忙地说道：“我还有点事要去办，你赶快回教室去吧，记住千万不要一个人单独待着。”

“喂……”

看着他离开的背影，我撇了撇嘴。

今天大家到底怎么了？

荆明天、白子浩、宇文熙三个人都不太对劲，每个人心里都好像藏着什么秘密，难道有秘密的那个人不应该是我才对吗？

4

然而，让我没有预料到的是，事情朝着越来越诡异的方向发展。

“明天哥哥，你渴不渴？要不要喝水？”

我抹了抹额头上的汗，又从树枝上摘下两个橘子，回过头就看见柳心拿着一瓶矿泉水，娇笑着几乎贴到荆明天的身上去了。

而荆明天脸上戴着墨镜，身体斜靠在橘树上，双手插在口袋里，一副心不在焉的模样。

这两个人究竟是来干吗的？

我嘀咕着，狠狠地从枝丫上扯下一个橘子，放进篮子里。

“可心，来尝一下甜吗？”

一瓣剥好的橘子被递到了我嘴边。

“谢谢。”

我愣了一下，看了看已经到了嘴边的橘子，只好张嘴吃了下去，然后无奈地转过头去跟笑得一脸温柔的宇文熙说：“我说，你和荆明天究竟为什么一定要来参加我们班的社会实践课啊？”

金桂学院每个学期都会安排几节社会实践课，一般包括清扫街道、服务社区，做一些有意义的社会实践，比如我们班这次安排的是帮助郊区的果农收橘子，完成后就能拿到相应的学分，也能在期末测评里加分。

“因为上个学期的社会实践课我没有时间参加，现在就来补上呗。”

宇文熙慢悠悠地回答，长腿一迈，先我一步将我头顶的几个橘子摘了下来，放到

我的篮子里。

“那他呢？”

我指了指不远处黑着脸的荆明天。

“他呀。”

宇文熙耸了耸肩，半开玩笑地说：“大概是以学生会会长之名来监督我有没有拐走他的未婚妻吧……”

“别乱说。”我冷哼道，“我看他就是来跟柳心约会的！”

“你吃醋了？”

宇文熙忽然停下来，两眼凝视着我。

“才，才没有！”

我慌乱地转了两圈，躲开他的目光，把手中的篮子丢到他怀里：“不要八卦了，我们连一棵树上的橘子都没有摘完！”

宇文熙没有再追究，而是又递了一瓣橘子到我嘴边，看我吃下后才笑着说：“好的，公主殿下。”

“你不要这样啦！”

我耳根发烫，尴尬地伸出手打了他一下。

这时候，白子浩拿着一筐橘子经过，看到我和宇文熙在一起，就狠狠地朝我们瞪了一眼骂道：“恶心！”

骂完，他就气呼呼地走开了。

这家伙……

到底是怎么了？

每天都像吃了炸药似的！

我想起这几天上网的时候，在微博里看到的关于失恋的人表现出来的症状，其中之一就是厌恶一切异性间亲密的行为。

所以，白子浩难道是……

失恋了？

正在猜测时，柳心的声音从不远处传来：“你干吗撞我？”

我循声看过去，从地上掉的几个橘子来看，应该是白子浩不知道怎么的用装橘子的筐撞到了柳心。

“谁要你站在这里的？”

白子浩将筐往地上一放，一边捡橘子一边不耐烦地反问。

“我就喜欢站这里，怎么了？”

柳心不甘示弱地回道。

白子浩听了后，也气呼呼地抛出一句：“那我喜欢你，所以就想撞你，你有意见？”

周围的同学顿时都目瞪口呆。

等等……

这场景还真是熟悉啊！

……

“因为……”

白子浩结巴了半天，涨红了脸，狠狠地看了我一眼后，忽然自暴自弃般朝柳心喊道：“因为我想引起你的注意，怎么样？”

顿时，大家一片哗然。

“你——”

柳心被这突如其来的告白弄得脸一红，也不知道该说些什么。

……

白子浩没有回答我，拖着我就要走，走了几步又停了下来，看了看自己手中的餐盘，顺手就把它丢到了坐在旁边的柳心面前。

“你给我这个干吗？”

柳心看了看餐盘中一点都没有动的食物，恼火地看着他。

“没意思。”

白子浩斜眼看着她，不耐烦地回答：“怕你饿着，让你多吃一点，不好吗？”

……

对哦！我反应也太迟钝了！

白子浩这家伙无时无刻都不忘向柳心表白，他喜欢的人是谁早就一目了然了啊！不过柳心喜欢的人是荆明天，怪不得他会郁闷呢……

唉，可怜的家伙！

我同情地朝他看了看，然后目光不由自主地移向一旁。

咦？

荆明天呢？

不只是荆明天，从刚才柳心和白子浩吵架起，宇文熙和荆明天就同时消失了，而我的注意力全都在“看戏”上了，所以一点都没有发觉！

好吧！

我就知道这两个家伙靠不住，特别是荆明天，他哪里有那么高尚的情操，真的会来帮果农大叔摘橘子！

摇了摇头，我一个人继续摘橘子。

荆明天和宇文熙走后，我顿时感觉轻松了很多，长在高处的橘子摘不到，我忍不住脱了鞋往树上爬去。

以前（在我的记忆里只是两个多月前而已），我还是小胖妹时，爬树是我的强项，我经常爬到隔壁王叔叔家的树上摘桃子吃，每次都能摘好多呢！

现在我变瘦了，再也不用担心把树枝压弯了，爬起来更是得心应手，像只小猴子一样欢快得不得了。

正当我踩在树干上，欢喜地从最远的枝丫上摘下一个橘子，要丢进篮子里的时候，一声怒吼从树下传来——

“包可心，你在干什么？”

我吓了一大跳，脚一滑差点从树上摔下去，不过幸好我机灵，抓住了树枝，好不容易才站稳了脚跟。

“你眼瞎啊，我当然在摘橘……”

我没好气地朝树下翻白眼，但话说到一半就停下了。

哇！

树下站了一堆人，大家的脸上都带着震惊的表情。

从来都是高傲优雅的千金小姐包可心竟然会爬树，不用想明天校报的头条一定是这个，因为我看到有人已经拿出手机来了！

“嗨！”

我尴尬地朝树下挥了挥手。

荆明天黑着脸，咬牙切齿地瞪着我，好像要把我吞下去似的：“嗨什么嗨，赶紧给我滚下来！”

“哦！”

我老实地答应着，低着头往下爬。

心里七上八下的我，腿都是软的，结果我还真如荆明天说的那样，滚了下去……

“啊啊啊——”

我还没有叫完，就被人捂住了嘴巴。

“闭嘴！”

耳边响起荆明天的怒吼。

我睁开眼睛，发现自己正好掉在他的怀里，他为了抱住我，一条腿硬生生地被我压着跪在了地上。

“对，对不起……”

我赶紧从半跪着的荆明天身上跳开。

周围看热闹的同学们下巴都快掉下来了，尤其是白子浩，他噘着嘴，一副苦大仇深的样子朝我看过来。

“臭丫头，一看就是故意的，投怀送抱的真恶心！”

他说话的声音不大不小，正好被大家听到，顿时大家看我的眼神也都跟着带上了深深的鄙夷。

这个该死的家伙！

他哪只眼睛看到我是故意的了？

“喂，白子浩……”

我气得两眼冒火，正要找他理论，可就在这个时候，不知道从哪里飞来了一群蜜蜂，嗡嗡嗡铺天盖地地朝这边扑过来。

“妈呀！”

“救命啊——”

“快逃……”

……

一时间，大家纷纷四散逃跑。

我也傻了眼，慌不择路地乱跑起来，可那些蜜蜂不知道怎么的，都直接朝我冲了过来。

我被一只蜜蜂狠狠地蜇了一口后，痛得大哭了起来：“呜呜，走开……”

呜呜……

谁来救救我啊！

为什么连蜜蜂都要欺负我？

但是，不管我怎么哭都没用。

我的耳边都是蜜蜂的嗡嗡声，我吓得腿发软跑不动，蹲在一棵橘树下面，用手抱住脑袋，只希望它们能放过我，赶紧走。

就在这时，我听到一阵阵风从我耳边刮过，像是有人在帮我驱赶蜜蜂。

然后，我眼前一片漆黑，有人用外套裹住了我的头，又从身后紧紧地抱住了我，把我护在怀里，帮我挡住了蜜蜂的攻击。

我听到了周围的惊呼声。

“会长！”

“荆明天，你干什么？”

“快点去叫人来帮忙啊……”

……

真的是荆明天！他竟然奋不顾身地来救我！

可是——

他把外套罩在了我的身上，等于他自己没有任何保护，完全暴露在蜂群的攻击之下，这样下去，他会不会被蜜蜂蜇得满身是伤？

我记得生物课的时候，老师好像说过如果被蜂类严重蜇伤，特别是马蜂，是有致命的危险的……

不要！

放开我！

“这里很危险，你走开……”

我的眼泪哗啦啦地流个不停，挣扎着想要推开他，他却紧紧地将我禁锢在他的怀中，任我怎么挣扎他都不松开。

我听到他的心剧烈跳动的声音，他的声音显得那样虚弱：“不要动，我会保护你的……”

我会保护你的……

我会保护你的……

这句话，让我的心不由得一紧。

都到了这个时候了，他脑海里想的只有保护我，好像只要我安全了，他就能得到安慰，好像他的世界里只剩下我一个人……

我躲在他的怀里，泣不成声。

荆明天，对不起！

虽然我不知道你想要保护的那个人究竟是不是我，我也不知道我是不是真的包可心，但我真的好怕我会令你失望……

CHAPTER 07

第七章

奇 怪 的 女 生

1

我站在病房门口不敢进去。

上次荆明天进医院也是为了救我，才没过多久，他又为了我被蜜蜂蜇伤再次躺在这里，我是不是真的是扫把星……

“吱呀——”

病房的门被拉开，江叔从里面走出来，看到我后吃惊地问：“可心小姐，你怎么起来了？药水打完了吗？”

“打完了。”

我点了点头，探头小心地往病房里看了一眼，着急地拉住江叔问道：“荆明天他有没有事？他醒过来了吗？”

医生说他对蜜蜂留下的毒素过敏，昏迷了过去，已经半天时间了，要是醒不过来就会有危险……

“没有。”

江叔叹了一口气，又拍了拍我的肩膀，沉声安慰我：“可心小姐，你不要担心，少爷他吉人自有天相，如果真的醒不过来……”

说到这里，他哽咽起来，没有继续往下说。

“不要！”

我急得眼泪都要掉下来了，也顾不得其他，推开病房的门就冲了进去，却见荆明天歪着头斜靠在床头，他的脸上和露出的胳膊上全是红肿的印记，上面涂着黄色的药膏，看起来触目惊心……

我擦干眼泪，吸了吸鼻子慢慢地走到病床边。

江叔也太不细心了吧，竟然让荆明天用这种不舒服的姿势躺着，就算他现在昏迷了没有感觉，但也不能这么对他啊……

于是，我俯下身，把他的身体往床中间挪了挪，又把被子拉起来，将他的两只胳膊放进被子里。

“荆明天，你快点醒过来，如果你真的出了什么事，我会……呜呜……”

说着说着我又难过地哭了起来。

“你会怎么样？”

耳边响起急切追问的声音。

我愣愣地停止哭泣，揉了揉眼睛，看着荆明天，他竟然醒了过来，还眯着他那双黝黑的眼睛盯着我，那里面分明带着恶作剧得逞的笑意。

他见我不说话，哼了一声又说道：“包可心，你哭起来真的丑死了，要是拍张照放到网上去，我看那些给你网络校园第一美女称号的人肯定都会觉得自己瞎了眼……”

我不由得摸了摸脸，护士姐姐刚给我擦完黄色的药膏，我哭得稀里哗啦的，现在肯定丑死了……

不对啊！

重点好像不是这个！

“荆明天，你明明醒过来了，干吗装昏迷骗我？害我以为你……”我气得挥手去打他，却被他顺势抓住了手臂。

“你敢打我？”

荆明天的脸沉了下去。

“我没……”

我刚开口，就被他拉了一把，我往前一扑，跌进他的怀中，刚想站起来，就被他

抱住了。

“你，你要干什么？”

我被他突然的动作吓到了。

荆明天把我的脸扳正，让我跟他对视。

他离我那么近，近到我可以从他的眼睛里看到脸色蜡黄，比小胖妹时期还要丑的自己。

“告诉我，你究竟是不是包可心？”

他用深邃的目光看着我，声音里透着急切。

“我……”

不可以！我不能告诉他关于自己失忆的秘密！

我用力地挣扎着，从他的怀中逃脱，慌乱地躲开他的目光，结结巴巴地说：“你问的问题好奇怪啊，我当然是包可心啊，你肯定是被蜜蜂蜇了脑袋还没有清醒过来，我去叫医生来给你看看……”

说完，我不敢再看他一眼，匆忙跑出了病房。

为什么他又问这个问题？

难道他知道了我失忆的秘密吗？

如果他真的知道了，按照他的性格，应该会闹得沸沸扬扬把我抓去荆爷爷面前，那样他就可以得偿所愿把我赶出荆家了啊……

正发着呆，我被迎面走过来的人一把抓住，他紧张地数落起来：“可爱，到处都找不到你，我就知道你到这里来了！”

护士小姐说在我晕倒期间有人一直守着我，那个人就是宇文熙吧？

“我没事。”

我朝他笑了笑，又想到满脸的药膏，连忙用手捂住了脸，急匆匆地想要回病房：“你快点回学校上课啦，一直守着我干吗？”

“我已经请假了！”

宇文熙将我拉了回去，他拿开我的手，凝视着我的眼睛："从今天开始我绝对不会再让你遇到危险，谁都不可以伤害你……"

他怎么了？

我不就是被蜜蜂蜇了几下吗？

这时，我口袋里的手机响了起来，打断了我们的谈话。

宇文熙放开了拉着我的手，让我接听电话。

手机那边传来阿宝担心的声音："可爱，我听说你被蜜蜂蜇了住进医院了，你有没有怎么样啊？到底是什么人这么坏，竟然在你的外套夹层里涂花粉和蜂蜜，害你被蜜蜂围攻啊……"

阿宝连珠炮一般的话让我愣住了。

我的外套夹层里被人涂了花粉和蜂蜜，所以才会被蜜蜂围攻？为什么这件事没有人告诉我？

"从今天开始我绝对不会再让你遇到危险，谁都不可以伤害你……"

所以，宇文熙刚才才会说那样的话？

"我没事了，你不要担心……"

忍着内心翻涌的委屈，我跟阿宝说了情况，告诉她我没事了之后，挂断了电话。我闷闷的，一句话也说不出来。

"你怎么了？谁打来的电话？"

宇文熙担心地问。

"我……"

我揉了揉酸涩的鼻子，朝他求证道："宇文熙，你告诉我那些蜜蜂只冲着我一个人来，是因为有人在我的外套夹层里涂了花粉和蜂蜜，对不对？"

"你知道了？"

宇文熙惊慌地看着我，自言自语地说："柳心这次也太过分了，这件事传得沸沸扬扬对她也没有好处……"

谁传出去的又怎么样呢？

亏我还傻傻地以为我只是运气不好，蜜蜂才会只围攻我一个人，原来不是这样，是有人故意报复我，而那个人一定非常讨厌我吧？

“宇文熙，我以前……是不是真的是个很坏的女生？”

我默默地低下头去，眼泪在眼眶里打转，声音也越来越低：“不然怎么会有人这么恨我呢？”

宇文熙愣了愣，露出担忧的表情，结结巴巴地安慰我：“可爱，你，你别这么想，以前你虽然有点……”

“你不说我也知道。”

我打断了他的话，慢慢地低下头去：“同学们都不喜欢我，没有人愿意跟我做朋友，我还打过白子浩耳光，说他的摇滚乐是三流音乐，就连你一开始对我的态度也那么差，因为我以前老是缠着你，还厚脸皮地跟你告白，弄得全世界都知道了，害你在大家面前丢脸……”

“可爱，我从来没有觉得你喜欢我是让我丢脸的事……”

宇文熙的脸色变得惨白，眼神里透着慌乱。

可我的心里一瞬间堆满了乱七八糟的情绪，我完全没理会他的话，只是在想，荆明天是不是也知道这件事，他是不是也知道有人为了报复我，在我衣服上涂花粉和蜂蜜的事情……

他本来就不喜欢我，现在肯定觉得我是一个大坏蛋！

“对不起！”

我朝宇文熙鞠了一躬，然后穿着病号服就往医院外面跑去。

宇文熙没料到我会突然跑开，好一会儿才反应过来，赶紧追上来，喊道：“可爱，你要去哪里——”

其实，连我自己都不知道我为什么要跑，我只是觉得心里难过得要命，我不想再面对荆明天和宇文熙他们，也不想回学校，我只想找个地方躲起来，让所有人都看不

到我，也许这样大家都会很高兴……

我跑到了街上，甩掉了宇文熙，才停了下来。

我站在人来人往的大街上，路过的行人都朝我投来探究的目光，我的身上穿着医院的病号服，脸上还涂着药膏，实在狼狈不堪……

我该怎么办？

迷茫地往四周看了看，我想到了阿宝，阿宝家离这条街只有几分钟的路程。

于是，我往阿宝家走去。

渐渐变得熟悉的环境让我的心情也跟着轻松起来，这条小巷子，在我的记忆里，前两个月还是我和阿宝上学放学的必经之路。

但是巷子两边的店铺已经换了好几批，只有几家老店还开在那里，尤其是那家我和阿宝最喜欢的早餐店，连招牌都没有改变。

“阿祥叔，你好！”

我朝早餐店的老板打招呼。

可惜阿祥叔完全认不出我，他眯着眼睛看了我半天才笑着问：“好啊好啊，你是新搬来的住户吗？”

“不是，我是可爱啊。”

我连忙解释。

“可爱……”

阿祥叔打量了我好一会儿，才恍然大悟地惊呼道：“啊，你是包头的女儿，那个胖乎乎的可爱啊，怎么长这么大变这么漂亮了，阿祥叔完全没认出来啊……”

“呵呵。”

我笑了笑，朝阿祥叔摆手：“阿祥叔，你忙吧，我走了。”

跟阿祥叔告别后，我走到了阿宝家。阿宝还没有回来，只有阿宝的妈妈在家，她看到我也是一脸纳闷，直到我解释后，她才认出我来。

“哎哟，是可爱啊，快进来快进来！”

阿宝的妈妈把我领进屋，还拿出了一堆水果招待我，笑眯眯地拉着我的手说：“阿宝跟我说了，她又遇到了你，说你变瘦变漂亮了。阿姨我可想你了，还叫她哪天带你来我们家玩呢……”

“宝阿姨，我也想你。”

我鼻子一酸，扑到宝阿姨的怀里。

以前我家就住在隔壁，老爸又时常在外面忙他的生意，宝阿姨看我没人照顾，就经常准备两份便当，我一份阿宝一份，让我们俩带去学校，我妈妈去世后，她就像妈妈一般照顾着我，所以在我心中，她跟妈妈一样好……

“你这孩子……”

宝阿姨摸着我的头，又拉开我看了看我身上的病号服：“可爱，你怎么穿着医院里面的病号服就过来了？到底出了什么事啊？”

“我……”

为了不让她担心，我只好说谎：“我刚才在附近的剧院参加学校的话剧会演，我演一个病人，然后想到你们就住在这里，就顺便过来看你们……”

“这样啊。”

宝阿姨没有怀疑，拉着我说：“明天就是周末，你给你爸爸打个电话，晚上在这里吃饭吧，还可以住一晚！”

“好，好啊。”

我满口答应了。

连我自己都没有想到，事情发展得这么顺利，我想要找一个地方躲起来，宝阿姨就留我住在这里，我连借口都不用想了。

我当然不会打电话给我老爸，想也想得到，荆明天如果要找我，肯定第一个想到的就是去我家，我怎么可能主动暴露行踪呢？

阿宝回来后，知道我要住在她家，高兴得不得了。

我们俩好像又回到了以前的时光，一起吃饭、聊天、睡觉。

对于失去记忆的我来说，这里给了我不少的安全感，就像是我还是八岁时的我，也不用再假扮那个人人都讨厌的千金小姐包可心了。

“阿宝，你快点下来，我买了街口的甜甜圈，你再不下来我就都吃完了哦！”

我站在楼下的院子里朝三楼大喊。

我的喊声一下子惊动了老式公寓楼里的其他小孩，有几个探出头来看我，阿宝的声音也很快响起。

“啊啊啊，你不要吃完啦！”

我呵呵地笑起来，从纸袋里拿出甜甜圈，咬了几口，然后跟楼下院子里的几只小狗玩耍起来，在院子的假山上转圈。

“砰——”

转着圈的我，不小心撞进了一个人的怀里。

不，与其说是我撞过去的，还不如说是那个人故意的，因为来人是荆明天。我在荆明天的怀里愣了三秒，然后猛地跳了出来。

“你，你怎么找到我的？”

我紧张地把甜甜圈往身后藏，说话也结结巴巴的不利索了。

“金桂市还有我找不到的地方吗？”

荆明天瞥了我一眼，见几只小狗朝我围过来，就抢先一步一把将我拖到他面前，怒气冲冲地吼道：“谁让你跟它们玩的，又过敏了怎么办？”

“我又没摸它们……”

我小声地反驳。

可被他狠狠地瞪了一眼后，见他的目光又瞟向我的手，我连忙推开他想藏起甜甜圈，却被他拉住：“不要藏了。”

“其实，我……”

被发现了！

我想要解释，可荆明天打断了我，凝视着我的眼睛说：“你喜欢吃什么就吃什

么，你只要做自己就好，就像刚才那样，吃着甜甜圈，开心地笑着，笨一点也不错……”

呃？

他怎么忽然这么好了？

虽然我不明白他的意思，但他的话让我觉得很开心（当然是在忽略最后一句的情况下），我指着甜甜圈说：“那我现在可以吃吗？”

“吃吧。”

荆明天点了点头，宠溺地摸了摸我的脑袋。

我满足地吃起甜甜圈来，咬了几口，又想到一个重要的问题，也是这两天我最想问他的问题。

“荆明天，如果……如果我不是包可心，你是不是就没有那么讨厌我了？”

问题说出口后，我盯着他的表情，一动都不敢动。

我也不知道我为什么会问这么蠢的问题，只是心里忽然有一个念头一闪而过——如果我不是包可心，他是不是就会喜欢我了？

荆明天的脸僵硬了一下，随后眉头皱了起来，他低下头来看我，眼睛里有迷茫也有期待，但他什么也没说，只是微微地点了一下头。

这一下，我心里那颗希望的种子慢慢地发起芽来。

他，也许是喜欢我的吧？

2

进入深秋后，天气渐渐冷起来，荆家虽然给我准备了衣物，但老爸还是托人送来了厚衣服，说是我最喜欢的几件。

穿上了暖暖的毛衣外套，我站在镜子前发起呆来。

毛衣上面点缀的星星图案以及下面的蕾丝装饰，都是我最喜欢的元素。如果我不是包可心，我们对衣服的偏好怎么会一致呢？

“咚咚——”

敲门声打断了我的思绪。

我打开门，见宇文熙微笑地站在门口，手里还拿着一盒巧克力，他顺手把巧克力递给我：“这是姑妈从比利时旅行回来给我带的，我不怎么喜欢吃甜食，就想到了你。”

“谢谢。”

我开心地接过巧克力。

“不用谢，你喜欢就好。”

宇文熙摸了摸我的头，一脸宠溺地看着我笑。

他亲昵的动作让我一阵恍惚。说起来我们俩最近的关系好像不知不觉中好了很多，原来的宇文熙虽然也总是微笑着，但对我总是不远不近，带着疏离感，我以为他偶尔对我的示好也只是为了跟荆明天斗气……

毕竟按照阿宝说的那些传闻，他是讨厌包可心的啊！一直缠着他，跟他表白，弄得全世界都知道的包可心，是他避之不及的才对吧？

想到这里，我下意识地往后退了一步。

“我，我还有很多作业要做……”

我结结巴巴地说道。

可宇文熙站在那里，并没有要走的意思。见我躲开了他，他反而往前走了一步，用手撑住了房门，弯腰凑到我面前低笑起来：“呵呵，你干吗那么紧张啊？你这个样子，我都要怀疑你又喜欢上我了。”

“没有！绝对没有！”

我生怕他误会，赶紧摇头。

刹那间宇文熙的眼神怔了怔，似乎有些失望，不过他很快就恢复了笑容，还故作夸张地捂住胸口：“你也不用否认得那么快啊，我的心都要滴血了。”

“呃……”

我不知道该怎么回答，眼角的余光瞥了瞥对面紧闭的房门。

今天是周末，也不知道荆明天出去没有，如果看到我和宇文熙在一起，而且是大大咧咧地站在我房间门口说话，他肯定又要生气了……

不对啊！

我干吗那么在意他的想法？

宇文熙也顺着我的目光看了看，然后他用比刚才大几倍的声音说道："其实，我来找你有更重要的事，晚上我在荆棘路街角的意大利餐厅订了座位，不知道你愿不愿意跟我一起吃晚饭，就当是陪我过生日……"

"今天是你的生日？"

我惊讶地问。

见他点头，我歪着脑袋想了想才说道："奇怪，你过生日的话，荆夫人一定会为你大肆庆祝，怎么一点动静都没有啊？不过，她特意选在今天从比利时赶回来，应该就是为了给你过生日吧？"

"姑妈回来不是为了我。"

我的问题让宇文熙微微变了脸色，他的眼神带上了一丝悲伤的感觉："因为我父母在我三岁生日那天，为了赶回国给我庆祝生日，遇到了空难，所以每年的这一天，姑妈都会独自去我父亲的墓前待上一整天，我也从此没有再过过生日……"

"啊，对不起，我不知道你父母他们……"

我赶紧跟他道歉。

虽然知道他父母在他很小的时候就去世了，但我没有想到会有这样的故事。自己的生日却是父母的忌日，他一定很伤心吧……即使荆明天的妈妈给了他所有的爱，可父母的爱是不能替代的，更何况父母是为了给他过生日才遇难的，他肯定又自责又难过。原来阳光如他，也带着抹不去的阴影……

"没关系。"

他摇了摇头，苦涩地笑了笑："我已经习惯了，在这个家里，人人都避讳谈到我

的父母，反而只有我一个人无所谓。”

“宇文熙……”

我不知道该说些什么安慰他，就怕以自己的智商越说越错，干脆转移了话题，夸张地说道：“我听阿宝说，那家意大利餐厅在手机美食APP的推荐里排行第一，超难订到座位的，她还说有人为了抢那里的位子，一群人打起来了，还上了报纸呢。我早就想去了，今晚我就陪你一起去吧！”

宇文熙见我手舞足蹈，说得天花乱坠的，也不由得笑起来，拍了拍我的头说：“看你口水都快流出来了，跟你的名字一样可爱……”

“嘘，你小声一点啦！”

我把手指放到嘴边，朝对面看了看，小声说：“万一被荆明天听到就麻烦了，他已经开始怀疑我了！”

“哦？他都说了什么？”

宇文熙连忙问。

“呃……他总问一些很奇怪的问题，老是问我是不是包可心，还说什么我只要做我自己就可以了，笨一点其实也不错……”

我掰着手指头，歪着头复述起荆明天说过的话来。

哼！我哪里笨了！

要不是我只有八岁的记忆，我肯定是个又聪明又漂亮的女生！

“他真的这么说？”

听了我的话后，宇文熙陷入了沉思，过了一会儿他的嘴角扬起了诡异的弧度，他朝我笑了笑说：“你不用担心，他不会发现你失忆的秘密的，因为以他多疑的个性，他已经越走越远了。”

“什么意思？”

我完全听不懂他的话。

“没什么。”

他又摸了摸我的脑袋，大声说：“那我们就约好了，晚上六点，我在荆棘路的意大利餐厅等你。”

“小声点啦！”

我差点冲过去捂住他的嘴。

“好的。”

宇文熙斜眼看了看对面荆明天的房间，然后朝我眨了眨眼睛：“你这么小心，是不是怕被明天抓住我们私会？我怎么好像变成了第三者？听起来还挺刺激的……”

“喂，你别乱说啦！”

我害羞得涨红了脸，推了他一把：“我们只是出去一起吃饭，什么私会啊？再说我跟荆明天一点关系都没有。”

“呵呵。”

宇文熙忽然伸出手来，刮了刮我的鼻子，在我耳边小声说道：“可爱，记住你说的话，我也希望你跟他一点关系都没有。”

说完，他就转身走了。

我却一个人傻傻地站在原地发呆。

他的话是什么意思啊？

你们这群人，老是说一些别人听不懂的话，就不能好好说清楚吗？哼，我看都是在故意欺负我只有八岁的阅历吧！

整个下午，我都不见对面的房间里有什么动静，就以为荆明天出门去了。

眼看就要到约定的时间，我穿好衣服，拿起包，怀着愉悦的心情，打开了房门，却看见一尊“门神”站在房门口。

“荆，荆明天……”

我心虚地吞了好几口口水。

“怎么看到我跟看到鬼一样？”

荆明天不高兴地冷着脸，将我全身上下打量了一遍后又问道："你穿成这个样子，打算去哪里啊？"

"我，我没打算去哪里啊，我就是试一试新衣服合不合身！"

我咧嘴朝他笑。

"新衣服？"

荆明天伸手过来捏住我的脸颊一扯，露出一个冷笑："我怎么记得这条裙子你上个星期就穿过？"

"是，是吗？"

我低头看了看身上穿的这条鹅黄色的荷叶边蕾丝连衣裙，忽然记起来好像上个星期是穿过一次。

江叔准备的那些衣服里，我最喜欢的就是这件，一直挂在那里舍不得穿，上个星期为了试试合不合身，就在家里穿着吃了一次晚饭，回到房间就脱下了……

可是，连我自己都不太记得了，荆明天怎么记得那么清楚？

"那天我就穿了一会儿，所以它还是新衣服啦！"

我硬着头皮回答。

荆明天扫视我一眼，也不说话，然后一把拉住我的手就拖着我往他房间走去，吓得我连忙抓住门框："你，你想干什么？"

"你今天穿得这么好看，我当然是……"

他猛地凑近我，我吓得闭上了眼睛，大声哭喊道："呜呜呜，荆明天，我们还没有结婚，我们连恋爱都没有谈过，电视上说我们不可以待在同一个房间里的，会发生恐怖的事……"

"恐怖的事？包可心，你是小学生吗？"

带着取笑的冷哼声打断了我。

我微微睁开眼睛，发现荆明天的嘴角挂着一丝浅笑。但他很快就收起了那丝浅笑，故作冷酷地敲了敲我的额头："以前我看你那么大方地脱我的衣服也从来没脸红过，现在叫什么叫？再说了，我就是让你进来给我读书，履行一下书童的义务，你喊得那么大声，是想把大家都招来围观吗？”

“那个……我以为你要……”

我的脸肯定红成猪肝色了，都怪阿宝，前几天老是带我看偶像剧，说要给我补一补恋爱常识，让我搞定荆明天……

拜托！

我又不喜欢他！

明明是她自己对荆明天犯花痴，还拉我下水！

“以为什么？”

幸好荆明天只是问了一句就没有耐心了，拖着我进了房间：“晚饭前都不准出去，除非你把书都给我念完。”

我看了看桌上那本厚厚的英文书，额头开始冒冷汗。

救命啊，英语课的时候，我基本上都是在听天书，要我念英文简直是要我的命嘛，况且我可没时间给他念书，宇文熙还等着我呢……

荆明天是要怎么样啊，干吗老找我读书？自己没长眼睛吗？

我气呼呼地瞪了他几眼，实在没有办法，只好捂住肚子装作很痛苦的样子：“哎呀，肚子好痛！我要去洗手间！”

然后，我转身就往房间外面跑。

一只手伸过来拦住了我，我弯腰从下面溜了过去，可悲惨的是，荆明天的另一只手又伸了过来。

“吧嗒”两声后，我被他困在了门和他之间。

“对不起，其实我骗了你……”

我偏过头去，不敢跟他对视，随口撒谎道：“其实，其实我是跟阿宝约好了一起吃晚饭啦，再不去我就迟到了，她一个人等我肯定很着急……”

“跟那个小胖妹吃晚饭？”

荆明天皱起眉头，盯着我看了半天后才放开了手：“既然是这样，我叫司机送你去吧，吃完饭再接你回来……”

“不用！”

我连忙打断了他。

我干脆的拒绝让荆明天冷下脸来，他用手指挑起我的下巴：“你这么紧张，是不是想背着我做什么坏事？”

他的手指好凉哦！

我缩了缩脖子，躲开他冰冷的手指，解释说：“没，没有啦，我的意思是我和阿宝不习惯吃饭的时候还有一个司机在等着我们，被人监视的感觉不太好嘛，再说了司机大叔也要吃饭啊……”

“哼，监视？”

荆明天冷哼一声，又斜着眼看了看我：“你走吧，不过……你最好不要跟我耍什么花招，我什么都知道。”

“呵呵，少爷您英明神武，上知天文下知地理，我哪里敢啊！”

我谄媚地拍马屁。

最后，我还是顺利地出了门，幸好也没耽误多少时间，到餐厅的时候比约定的时间还早了十多分钟，宇文熙还没有到。

3

这家意大利餐厅就像传说中的那样富丽堂皇，尖顶拱门，墙上嵌着彩色玻璃长窗，桌椅装饰着银丝金箔，吊灯则显得简约而精致，处处透着古典和现代完美结合的气息。

餐厅里飘着柔美的钢琴声，听起来让人心情放松……

我听着音乐，坐在预订好的位子上等宇文熙，可是过了一个多小时，他也没有出现，打电话联系，却只听到人工回复说关机了。

奇怪……

他不是会失约的人啊，难道遇到什么麻烦了？

我着急起来，从椅子上站起来，在餐厅里东张西望，却忽然发现餐厅门口出现了一个熟悉的身影。

妈呀！

荆明天怎么也到这里来了？该不会是来找我的吧？

眼见他真的径直朝我这边走过来，我来不及躲避，下意识地就拉开桌布，钻到了桌子底下。

荆明天的脚步声越来越近，然后我听到了他和服务员的对话——

“服务员，这桌的客人呢？”

“那位小姐刚才还坐在这里的……请问，您是预订座位的宇文熙先生吗？”

“是的。”

“那要等那位小姐来再上菜吗？”

“嗯，你先下去吧。”

……

服务员离开后，荆明天在座位上坐了下来。

什么呀！

荆明天这家伙也太厚脸皮了！明明是宇文熙订的位子，他竟然毫不犹豫地坐了下来，还假装自己就是宇文熙！

我在黑暗的桌底握紧了拳头，暗地里把他骂了个狗血淋头。

“咚！咚咚！咚咚咚！”

我的头顶传来敲桌子的声音，一下又一下，敲得我心里发慌，而且看样子荆明天并没有停下来的意思。

我受不了地捂住了耳朵，可还是听得见敲击声。

过了一会儿，荆明天冷冷的声音也响起来：“躲在下面的那只又笨又蠢的小猫，你是要我亲自把你抓出来吗？”

“呜呜……”

我哭丧着脸从桌底爬出来，坐在他对面瞪着他：“你怎么知道我在这里？你是不是跟踪我了？”

“跟踪你？”

荆明天嗤笑一声，看着我：“宇文熙刷了哪张卡，在哪家餐厅订了座位，我只要让江叔随便一查就知道了。”

“你早就知道我是跟他一起吃饭了？”

我不服气地鼓着腮帮子，气呼呼地说。

“你还好意思说！”

荆明天突然站起来，双手撑在桌子上，弯腰俯身凑近我，一把捏住我的下巴：“你和宇文熙就站在走廊上说话，真拿我当聋子吗？”

“你，你在房间里？”

我吓得说话都哆嗦起来。

那他听到哪些了？我和宇文熙还说了好多，比如我失忆的事……

“哼！”

荆明天甩开我，坐回沙发椅上：“你们嘀嘀咕咕地说了些什么我本来没兴趣听，可宇文熙约你的时候，故意说得那么大声，不就是为了让我听见？”

他的意思是，他没有听到其他话？

呼——

我顿时放下心来。

“你那是什么表情？被放鸽子还很开心？”

荆明天非常不满地看着我，又敲了敲桌子：“你现在知道了吧，这就是宇文熙，永远都不把别人当一回事，他就算约了你，那也只是为了气我！”

“才没有呢！”

我想也不想就反驳他，说道："他肯定是有什么重要的事才没有出现，说不定等下他就会来了！"

荆明天沉下脸去，带着怒气问我："你难道也喜欢他？你跟包可心一样，也没有自尊心吗？"

他在说什么啊？

"我，我就是包可心啊，什么叫我也跟她一样？"

我都快习惯他老莫名其妙地说一些我听不懂的话了，所以干脆不理他，直接赶他走："你快点走啦，万一宇文熙来了怎么办？"

哪知道荆明天听了之后，更加生气了，他站起来朝我吼道："你还怕他看到你和我在一起？"

周围用餐的人朝我俩看过来，纷纷露出了厌恶的神色。

"你小声一点啦，这是公共场合。"

我伸手拉了拉他的衣袖，结果反而被他一把抓住，他拖着我就往餐厅外面走："好，那我们走。"

"喂，我不能走啊，万一宇文熙来了找不到我……"

我想要挣脱他。

然而并没有什么用，我被荆明天一直拖到荆棘路拐角的小路上，他才放开了我。我揉着被他抓痛的手，正要发火，却看到前面不远处的小卖部前站着一个男生，分明就是宇文熙。

他正在跟一个穿着蓝衣白裙的女生争执。

我们站的地方离他们还有一段距离，也听不见具体的对话，只是那个女生的情绪好像很激动，脸上还挂着泪水。

咦？

难道他就是因为那个女生才放我鸽子吗？那个女生跟他是什么关系啊？我好像从来没有听他说起过……

“宇文……”

我正要上前打招呼，却被荆明天拉住了。

盯着那个女生看了一会儿，他的眉头紧紧地皱起来，拉着我就往回走：“这件事跟你没关系，跟我回去！”

“可是，我只是想问他，他跟那个女生……”

我还没有说完，就被荆明天一把抱了起来，我吓了一大跳。他不顾我的挣扎，将我丢进了开过来的车里。

“我们走。”

一上车，他就命令司机大叔把车开走，连反应的时间都不留给我。

“那个女生是谁？你认识吗？”

车子开回了荆家后，我还是忍不住追着他问。

可荆明天只是板着脸冷冷地回了我一句：“不知道，反正跟你没关系。”

不对！

我感觉得出来，他分明知道那个女生是谁！

但我明白，荆明天不想说的事，就算有人拿刀架在他脖子上，他也不会说的，况且我也没那个能耐敢威胁他。

算了，我干吗问那么多啊！

万一那个女生是宇文熙喜欢的女孩，就像偶像剧里演的，他们俩说不定有一段浪漫感人的爱情故事，但最后还是没能逃脱悲伤的结局……

也许荆明天说得对，这件事跟我又没什么关系，我问来问去倒像是多管闲事了！

不过……

我还是好想知道哦！

呃，我是不是也像阿宝一样，变成了八卦狂？

吃完荆明天吩咐厨师另做的晚饭后，我就回了房间。而荆明天可能是怕我又缠着他问那个女生的事，早早地就躲进了书房。

哼！我嘟了嘟嘴，懒得去理他。

过了一会儿，我的房门被人敲响。我以为是荆明天，很不情愿地去开门：“干吗？你要告诉我那个女生是……呃，宇文熙？”

他穿着一身帅气的西装，发型重新做过，一见到我就开口道歉：“可爱，对不起啊，今天晚上我临时遇到了一些问题，才会……”

“没关系啦！”

我打断了他，一脸了然地朝他眨了眨眼睛：“虽然不知道你们是什么关系，不过那个女生长得很漂亮啊，身材也很好哦！”

“你看到了？”

宇文熙愣了一下，马上就急着解释：“你不要误会，我跟她一点关系都没有，她……她只是一个路人，在问路而已！”

“问路？”

拜托，不要以为我只有八岁的阅历就好忽悠！人家女生对着你又是哭又是拉手的，怎么看都不像是问路的人啊！

“她就是一个路人。”

宇文熙的语气透着一丝冷酷，但马上又挂起了笑容，拍了拍我的头：“因为她，没有让可爱吃到美食，我真的很抱歉，下次我一定再带你去，怎么样？”

“好，好啊。”

我呆呆地点了点头。

刚才那一瞬间，宇文熙显得好可怕啊！

难道我猜错了？那个女生不是他以前的恋人。那她究竟跟他是什么关系呢？为什么我会有一种不祥的预感？

4

第二天下起了大雨。

雨水打在玻璃上，发出噼里啪啦的声响，聚集的水痕沿着玻璃似一条条小溪往下流淌，教室里弥漫着一股雨水带来的潮味，而我不喜欢这股味道。

我皱着眉，把伞放到教室后面，走到座位边，发现了不对劲的地方。

白子浩的课桌不见了！

我搜寻了一圈后，发现白子浩把自己的课桌搬到了教室最后一排，他端端正正地坐在椅子上，尽管他双手拿着的书挡住了脸，但我还是认出了那是他。

把书包放下后，我走了过去。

"白子浩，你搬到这里来干什么啊？"

我敲了敲他的桌子。

等了好一会儿，他也没有说话，我又敲了敲桌子，才听到书后传来他闷闷的回答："为了好好读书！"

我歪了歪脑袋，探过头去看了看，提醒他："可是，你的书拿倒了啊！"

"啪——"

白子浩恼羞成怒地把书摔下，脸比教室外面的枫叶还要红："我，我就喜欢倒着读，跟你有什么关系！"

"没，没关系。"

我被他吓了一跳，但看到他的脸后，又喷笑出声，指着他的眼睛问："你的黑眼圈怎么那么重啊？"

"要你管！"

白子浩像吃了炸药似的，冲我吼道。

吼完，他就急匆匆地站起来，冲出了教室。

我追了上去："喂，你去哪里啊？你快点把课桌搬回……"

我的话还没有说完，就被眼前的一幕惊呆了。

楼梯口到处都是水渍，白子浩脚一滑跟正好从楼梯下跑上来的柳心相撞，两个人脸贴脸，嘴对嘴，紧紧地靠在了一起。

围观的同学都惊呆了。

有几个好事的男生吹起了口哨，两个人这才愤愤地推开了对方。

柳心拉起袖子，在自己嘴唇上擦了好几下，然后怒气冲冲地对白子浩说："白子浩，你不要再缠着我了，我不会喜欢你的！"

"谁，谁喜欢你了？"

白子浩憋红了脸，瞪大了眼睛，忽然指着我说："我喜欢的是那个嚣张的臭丫头！"

我顿时蒙了。

什，什么？

他说他喜欢的人是我？

不光是我，周围的同学也都露出了不可思议的目光，就连柳心都惨白着脸目瞪口呆地看着白子浩。

白子浩这才惊觉自己讲错了话，脸涨得通红，咬了咬牙捂住脸夺路而逃，还附带着尖叫："啊啊啊——"

直到下午，我才从白子浩莫名的突然告白中回过神来。

"啪——"

一张公告被拍在我面前。

柳心板着脸，指着公告对我说："社长大人，音乐社的会议你总是推脱不来，可这次的大型社团活动月你没法不参加吧，我们社的活动计划方案就交给你了……"

活动计划方案？

我看了看公告，上面写着在社团活动月，每个社团必须完成一次大型活动策划，并且会由全校学生参与投票，票数最少的社团很可能被淘汰！

这么大的责任我怎么承担得起？

我知道包可心是音乐社的社长，所以为了不露馅，每次音乐社的会议跟活动，我

总是装病请假敷衍过去，可这次……

作为社长，我知道我再推脱的话，怎么也说不过去了。

“柳心，你能帮我吗？我不会……”

我只好向柳心求助。

可柳心毫不留情地打断了我：“社长大人，当初竞选的时候，你可是夸下海口，要在社团活动月拿到第一名的哦，你不会忘记了吧？”

“我……”

“我什么我，计划方案最好在三天内做出来，因为我们还要做其他准备工作！”

柳心不等我说完，就甩头走掉了。

从早上白子浩对我告白后，她就这样阴阳怪气地对我，要不是她说过不喜欢白子浩，我都会怀疑她是在吃醋呢！

我回过头去，看了看白子浩摆在那里的课桌，他到现在还没有来上课，也不知道跑到哪里去了。

算了，我哪里还有闲心想这些，白子浩要是出现了，我也不知道该怎么处理，我看我倒不如想想怎么做计划方案吧！

“可心——”

温柔的声音响起。

我回过头，见宇文熙站在教室后门，正朝我挥手。

对了！

宇文熙一定知道怎么做！

顿时，我像是看到了希望，拿着公告冲到了他的面前，拉住他的手就走：“我有事找你帮忙，我们到外面说吧！”

来到楼下的草坪上，宇文熙放开我的手，微笑着伸手帮我理了理刘海儿：“怎么了？看你急成这样。”

“我，我……”

我喘了几口气，感觉舒服了很多，才急切地说：“柳心说，让我做这个月音乐社大型社团月的活动计划，可我不知道该怎么做，你可不可以帮帮我？”

“当然可以啊。”

宇文熙笑着摸了摸我的头，眨了眨眼睛说：“其实，我也是看到公告后就想到了你，怕你有什么问题……”

我期盼地看着宇文熙，可他的话才说到一半就被另一个声音打断了：“宇文熙，我的书童有问题也跟你没关系，不劳你费心。”

荆明天？

我转过头去，看到荆明天黑着脸，背着手趾高气扬地走过来。

“喂，你干吗那样讲话？是我找宇文熙帮忙的！”

怕他会对宇文熙出手，我下意识地就站到了宇文熙的前面。

“我不会打他！”

荆明天咬牙切齿，伸手把我拉到他的身边，怒气冲冲地吼道：“你这个笨蛋，为什么这种事要找他帮忙？找我不行吗？”

“找你？”

我好像听到了不可思议的事，瞪大了眼睛嘟囔道：“我以为你肯定不会答应的啊，到时候你又要嫌我烦，还骂我是笨蛋……”

“你说什么？”

荆明天尴尬地故意提高了声音。

“哼！”

我嘟着嘴，不说话了。

“这是计划方案。”

荆明天把手里的一沓资料递到我手中，板着脸看了一眼宇文熙，把还没反应过来的我拉到身边，用不大不小的声音说道：“以后有什么事就来找我，不要再找那个家伙帮忙，听到了没有？”

我看了看手中绿色封面上端正地写着“音乐社社团月活动计划”几个大字的计划书，顿时眼睛都亮了起来，一把抱住荆明天高兴地说：“谢谢你，会长，你真是个大好人！”

“白痴。”

荆明天的身体僵硬了一下，才纠正道：“我可不想当什么好人，我只是为了防止某些人当好人。”

呵呵，虽然不明白荆明天在说什么，但一想到他为了我提前准备好了计划书，我的心里就暖暖的……

但是我总觉得哪里不对劲，好像荆明天早就知道我做不好计划书一样……难道对于传说中样样精通、无所不能的包可心来说，做个计划书不是轻而易举的事吗？

还是……

……

“你，你要干什么？”

我被他突然的动作吓到了。

荆明天把我的脸扳正，让我跟他对视。

他离我那么近，近到我可以从他的眼睛里看到脸色蜡黄，比小胖妹时期还要丑的自己。

“告诉我，你究竟是不是包可心？”

他用深邃的目光看着我，声音里透着急切。

……

“你真的是包可心吗？”

荆明天沉着脸，目光炯炯地看着我，然后猛地扣住我的下巴，将我的头抬起来。四目相对，我不由得心虚不已。

“我，我当然是啊！”

我避开他的目光，眼神四下闪躲。

“你是不是有一个双胞胎姐妹？”

荆明天又投下一颗重磅炸弹，我顿时呆住了，半天没回过神来。

可他并没有等我回答，就放开了扣住我下巴的手，盯着我叹了一口气后，用莫名伤感的语气说道：“包可心，如果你不是你，也许很多事情都会变得不一样，也许我就不会那么讨厌你了，也许我会……”

……

妈呀！

他该不会真的确定我不是包可心了吧？

这个认知让我自己都吓了一跳。曾经我也想过这个问题，不过以我有限的智商，只觉得不可思议，干脆就不想了，可是……

看荆明天现在的表现，他完全就是把我当作另一个人了啊！如果他还把我当包可心，肯定不会对我这么好，也不会提前为我做好计划书！

而看到只对我好，只对我露出温柔一面的荆明天，我的内心开始动摇，忽然有了一个疯狂的想法——希望我真的不是包可心！那个骄傲不讨人喜欢的包可心，她也许只是我失散多年的双胞胎姐妹，而老爸骗了我……

CHAPTER 08

第八章

隐 藏 的 真 心

1

社团活动进展得很顺利，荆明天利用他会长的权利干涉，所以我什么都不用操心，一出完美的音乐剧就诞生了。

荆明天给我安排的是一个只要念台词，不用跳舞，在剧中摆一些特定造型的角色，练习了一段时间，我也算是跟上了音乐剧的节奏。

音乐剧表演的当晚。

金桂学院剧场内坐满了前来观看表演的同学，这些同学里，除了我们学校的学生，还有一些其他学校慕名而来的人，可见音乐社的影响力有多大。

我站在后台，穿着漂亮的白纱裙，全身都在发抖。

我好紧张啊！

在我的记忆里，上一次在舞台上表演时，我跟阿宝被安排演两棵大树，我因为打了一个打喷嚏害得表演的小伙伴们都笑了，老师还批评了我一顿，说我影响了大家，害我们班没有拿到一等奖……

这次可千万不要出什么差错！

我努力地在脑海里搜寻台词，虽然只有十多句，但对于我来说，这是一个不小的挑战，要是到时候说不出来，就真的出糗了！

我偷偷地朝台下看了看，荆明天、宇文熙、白子浩都坐在第一排的位子上，他们是这次社团活动的评委，音乐剧的评分将会计入社团活动评分……

“可心，到你了！”

有人推了推我，我从混乱的思绪中回过神来。

妈呀！真的轮到我了！

我攥紧手中的魔法棒，踟蹰地朝舞台中央站着的柳心走过去。

她是今晚音乐剧的女主角，她的角色是一个美丽的、受到诅咒的公主，要等待她的王子穿越而来，把她从冰冷的异世界救出去，而异世界里还有一个跟她长得相似的公主，王子必须分辨出她们，才能救走她……

而我饰演的角色，就是给王子引路的天使。

"亲，亲爱的公主……"

我拿着魔法棒走到柳心身边，紧张得声音都在发颤，眼睛也不敢朝台下看："不要心慌，你在这里等待，我会将王子带到你的身边……"

好不容易念完台词，我按照排练好的，拿出魔法棒朝空中挥动。

这个时候，舞台上方本来要落下的是准备好的"雪花"，可我并没有等来"雪花"，从我头顶倾泻而下的是……水！

"哗啦啦——"

我被从头到脚淋透了，全身顿时湿淋淋的。

狼狈的我当场愣住了，舞台下的观众也都倒吸了一口凉气，所有目光都集中到我一个人身上，一瞬间，我俨然成了这部音乐剧的主角。

"你看她全身都湿透了，里面的衣服都显出来了……"

"啧啧，没想到她包可心也有今天啊！"

"她该不会是故意的，没有当上女主角，为了抢风头就弄了这么一出……"

……

台下传来嘈杂的议论声，让我更加无地自容。

就在这时，荆明天跟身边的白子浩耳语了几句后，忽然站了起来对着台上做了一个手势，灯光忽然全暗了下来。

然后，背景音乐换成了白子浩他们乐队的新歌——《欢乐颂》。

"欢乐女神，圣洁美丽，灿烂光芒照大地……"

这首歌是由传统的颂歌改编而成，前几天阿宝才发给我听过，白子浩把它跟摇滚

乐结合，听起来欢快又充满力量……

“吧嗒——”

灯光又亮了起来。

我看到白子浩弹着吉他，一步步走到台上，同时荆明天和宇文熙也手拿话筒，两个人分别站在白子浩的两边，俨然变成了主唱……

三个人的突然登台，让台下的女生都尖叫起来。

他们走到我身边，荆明天将外套披在我身上，又把另一个话筒交给了我，我愣了愣，接过了话筒，跟着他们的节奏一起唱起来……

危机变成了转机，这首《欢乐颂》跟音乐剧相得益彰，大家还以为是故意安排的惊喜，顿时为音乐剧加分不少……

可是，究竟是谁把“雪花”换成了水？

柳心应该不会这么做，因为她是女主角，这场音乐剧对她也很重要啊，台下还有表演学院的老师来提前挑选人才，对柳心是一个难得的表现机会，而紧张的排练让她根本没有机会接近舞台设备……

“谢谢！要不是你们，这次的表演就进行不下去了……”

音乐剧结束后，我来到台下评委席，跟荆明天他们道谢。

“我……我可不是为了帮你，我是来为乐队的下一次演唱会做宣传的！”白子浩目光闪躲，脸颊绯红。

宇文熙摇了摇头，笑着打趣道：“子浩，刚才也不知道是谁，要不是我拦着，差点就直接冲上去了！”

“我，我才没有！”

白子浩别扭地大声否认，眼睛却盯着我身上的外套：“你还不去换衣服，穿成这样跑来跑去很好看吗？”

“呃……”

我低头看了看自己，又抬头看了一眼冷着脸的荆明天，慌忙要脱下衣服还给他：“对不起，我忘了把外套还给你……”

我的话音还没落，动作就被荆明天阻止了，他重新把外套披到我身上："还什么，回去再说。"

"可是，我还要去帮忙整理后台……"

我正要回头，就被荆明天一把抱在了怀中，我吓得心脏差点停止跳动："喂，你干什么？这么多人看着呢！"

"回家。"

他搂着我，居高临下地盯着我的脸，简单的两个字说得不容反驳。

"怎么说我也是音乐社的社长……"

对于他的霸道，我想要据理力争，可偏偏这个时候，我感觉鼻子痒痒的，猛地迎面朝荆明天打了一个喷嚏："阿嚏——"

顿时，荆明天的脸上全是我的口水。

大家都猝不及防，目瞪口呆地看着我和荆明天。

"对，对不起，我不是故意的……"

我赶紧伸手帮他擦脸上的口水，然而手还没伸过去，另一个喷嚏已经忍不住，我赶紧捂住了嘴巴。

呜呜！

救命啊！

看荆明天那铁青的脸色，估计杀了我的心都有了！

在可怕的气氛中，宇文熙上前一步，担忧地看着我问道："可心，你是不是感冒了？你看你，嘴唇都是紫色的……"

"我，我没事……"

我抹了抹鼻子，摇了摇头。

"跟我回去。"

荆明天眉头紧蹙，看了我一眼，二话不说就将我抱了起来，朝剧场外面走去。

"荆明天，我只是感冒，又不是走不动……"

"闭嘴！"

不过，这回连我自己都没有想到，我真的染上了重感冒。

老爸知道了这件事后，把我接回了家，他守在我的床边，又是端水又是喂药，连公司都不去了。

“咳咳，老爸，我没事的……”

我躺在床上，咳得喉咙都要冒火了，但为了不让老爸担心，我还是安慰他：“荆明天早就叫医生来看过了，我只要吃了药多休息就会好了……”

“没事？你差点得肺炎知道吗？”

老爸气得双下巴抖啊抖的，拉着我的手带着哭腔说：“可心，都是老爸对不起你，害你在荆家吃了那么多苦。老爸不管了，宁愿放弃公司也不让你再回荆家去了……”

“老爸——”

对于老爸的决定，我很吃惊。

我看得出来，他说放弃公司的时候，眼神里带着遗憾。

“包头，你在说什么啊！”

后妈听到，急得眼珠子都要掉下来了：“这个时候你怎么能这么说呢，公司好不容易靠荆家的投资有了转机，马上就能起死回生，获得盈利了……”

“你给我闭嘴！”

老爸突然凶巴巴地瞪了后妈一眼。

这是我第一次看到老爸发火。老爸在我心目中，一直都像个笑呵呵的弥勒佛，不管什么时候他都不会对别人发脾气，也很少露出生气的表情，可是现在他为了我，对后妈凶了起来……

他果然还是爱我的！

被老爸的凶狠表情吓到的后妈，眼泪哗啦啦地流了下来，大喊着：“你竟敢凶我，你怎么可以凶我？你知道我这么多年，为了这个家，受了多大的委屈吗？你的宝贝女儿经常给我气受，你现在也来骂我？这个家我待不下去了——”

她拿起沙发椅上的枕头朝老爸丢过来，然后捂着脸一边哭一边跑了出去。

“老爸……”

我拉了拉老爸的衣袖，劝他：“我看阿姨她也是为了你好，你就不要生气了，快点去追她回来吧。”

“随她去，过几天她就自己回来了。”

老爸挪了挪身子，一屁股坐在我床对面的沙发椅上，摇着头说：“要不是她出的馊主意，硬是要你去荆家，你也不会变成这样！”

馊主意？

难道我真的不是包可心？

我想了想，还是向老爸问出了自己的疑虑：“老爸，我有问题问你，我真的是包可心吗？还是，包可心是我的双胞胎姐妹？”

“什么双胞胎姐妹？”

老爸露出一脸不解的表情看着我。

我耐心地解释：“因为我觉得大家口中说的包可心跟我相差太多了，她又瘦又漂亮，不喜欢吃甜食，钢琴又弹得那么棒，没有什么不会的。而在我的记忆里，八岁前的我明明是个爱吃爱玩的小胖妹，所以我才想，会不会像电视剧里演的一样，我有个失散多年的双胞胎姐妹……”

“可心，你都在想些什么啊，你是老爸唯一的女儿。”

老爸深深地叹了一口气，走过来坐在我床边，拍了拍我的手：“其实，想一想，也就是八岁的那一年，有一天你回到家里，把自己关起来闷闷不乐了好多天，出来之后你就跟我说，你要改变，你要减肥……”

八岁那年？

我带着疑问，听老爸继续说：“我当时还以为你是开玩笑的，又在忙着生意的事，也没当一回事。没想到你真的坚持下来了，你开始不再吃甜食，偷偷地去学钢琴学跳舞，还硬要我给你改了名字。后来我创办了公司，我们家变得有钱起来，我就给你请了很多专业的老师，你不但变瘦变漂亮了，还变得多才多艺，就是没有以前那样

快乐了……”

“老爸，那你的意思是，我就是包可心吗？”

听完之后，我的心里竟然有些失望。

可我为什么会失望呢？

明明包可心帮我实现了小时候全部的梦想，她又瘦又漂亮，才华横溢，是个名副其实的千金大小姐，我应该高兴才对啊……

一开始，我不是很高兴自己变成了梦想中的模样吗？

漂亮的衣服，公主般梦幻的房间，想买什么就买什么，这不是每个女孩子梦寐以求的生活吗？

但为什么在知道答案的这一瞬，我那么想要摆脱这个身份呢？

“可心啊，老爸知道你不喜欢荆家，如果你不愿意去，咱们就不去了。老爸想通了，大不了公司申请破产，只要我们父女俩能像以前一样快快乐乐地生活，其他的都不重要……”

老爸的眼角挂着泪水，圆圆的下巴都瘪了下去。

我看了看老爸，他的鬓角不知道什么时候长出了几根白发，原来像馅饼一般大的脸也小了很多，连老人斑都长了出来……

后妈说得对，老爸这么多年为了公司付出了不少心血，他本来就是个死心眼的人，做一件事情都会坚持到最后，我不能让他的梦想破灭……

“老爸，我没关系的。”

我拉住他的手，含泪笑着说：“在荆家有吃有喝的，我又没受什么委屈，就算……我不喜欢荆明天，但是为了老爸，我做什么都愿意……老爸你也不用担心，荆明天他什么都不知道，他还以为我不是包可心，是她的双胞胎姐妹呢……”

就在这时，房门被狠狠地推开来。

看到门口站着的人，我吓得魂都快跑出来了！

荆明天！

我吓坏了，一动也不敢动。

只见他全身上下散发着冰冷的气息，眼神里带着骇人的光芒，身后仿佛燃烧着黑色火焰，朝我一步步走过来："包可心，我一直以为你只是个骄傲任性不把人放在眼里的千金小姐，没想到你还是个会演戏会说谎，把别人玩弄在鼓掌之间的人精，原来这一切都是你在演戏，让我对你产生错觉，让我以为你不是那个我讨厌的包可心……"

"不是的，不是这样的……"

我已经完全慌了神，也不知道该怎么跟他解释，只能一个劲摇头，急得眼泪忍不住哗啦啦地流下来。

我才不是什么人精！

他为什么要这样说我呢？

我从来没有故意演戏，也没有故意让他产生错觉，明明是他先怀疑我不是包可心的，连我自己都差点相信他的怀疑……

老爸良久才反应过来，艰难地站起来："明天啊，你误会了，事情是这样的，可心她前段日子撞到了脑袋……"

"老爸！"

我赶紧制止老爸，免得他说出我失忆的事，脑子里想的全是，万一他知道了，老爸的公司就真的完了！

谁知道我的举动让荆明天更生气了，他迅速走过来，捏住我的下巴："你还有什么瞒着我不能说的？"

"没，没有，我真的没有演戏，我是……"

我忍着下巴传来的疼痛感，摇了摇头，想要跟他求情，却被他狠狠地打断："那你就不要说了。包可心，你以为这样你的诡计就能得逞吗？告诉你，我绝对不会接受你，你就等着搬出荆家吧！"

说完，他甩开我，转身走出了我的房间。

我看着他的背影，眼泪止不住地从眼角流下来，我抱着老爸呜呜地大哭起来："老爸，他走了，他再也不会理我了，呜呜……"

“宝贝，不要哭……”

老爸一边拍着我的背安慰我，一边叹着气说：“这荆家少爷啊，从小就是这个样子，认定的事情别人怎么说，都不会听的……”

“呜呜呜……”

不管老爸怎么安慰我，我还是不停地哭泣，哭得几乎撕心裂肺，因为我知道他永远也不会原谅我了！

2

荆家大门口。

“可心小姐，这是你的行李。”

江叔将行李箱递给我后，欲言又止地看着我：“你跟少爷到底发生了什么事，让他宁可当面顶撞总裁也要把你赶出……让你搬出荆家？”

“不是他的错。”

我咬了咬下嘴唇，透过铁门朝里面看了看，小声地说：“江叔，你能不能帮我跟荆爷爷说一下，是我自愿搬出荆家的，跟荆明天一点关系都没有……”

“唉，总裁他现在还在气头上，你可别添乱了。”

江叔皱起眉头，摆了摆手，安慰我说：“可心小姐，我看得出来少爷这段日子对你比以前好了很多，他对你还是有感情的，你们俩要是真闹了什么矛盾，等他气消了，你再跟他说两句好话……”

说两句好话？

我跟荆明天的矛盾，可不是说两句好话就能解决的……他那么讨厌包可心，现在知道我的确是包可心，还认定我装无辜欺骗了他，怎么可能会原谅我？

“江叔，不用了，我不会再回荆家了……”

我的话音还没落，一辆车开了过来，停在了我们身边，后车窗摇了下来，露出荆明天毫无表情的脸。

他冷哼了一声，连看都不看我一眼，对江叔说：“江叔，我不喜欢无关的人站在家门口，让她快点走。”

可恶的家伙！

一定要这么绝情地对我吗？

我的心一阵绞痛，感觉好像有千万根针刺在上面，我憋着眼泪硬是没有让它们掉下来：“荆明天，你不要这样，我马上就走……”

“可心——”

清脆的声音打断了我的思绪，柳心打开车门从另一边跳下来，走到我身边。她穿着一件薄荷色的长裙，脸上满是欢喜的表情，却故意装出歉疚的模样：“对不起，我也不知道到底发生了什么事情，明天哥哥他突然要我搬到荆家来住，你不会介意吧？”

他是什么意思？

阿宝说，柳心也是荆家“书童”的候选人，现在他大张旗鼓地让她搬进荆家，是让她替代我的意思吗？

我的鼻子酸得难受，眼角的泪没有忍住流了下来。

“你，你怎么哭了？”

柳心被我的样子吓到了，她愣了一下才大声朝荆明天喊道：“明天哥哥，你看可心她竟然哭了，我看我还是走好了……”

我不知道是不是我的错觉，还是泪水模糊了我的眼睛，我看见了荆明天眼中一闪而过的心痛，但他马上就板着脸用僵硬的表情说道：“她哭不哭关我什么事！你也不要装了，快点上车，我回家还有重要的事情要处理……”

“那……好吧！”

柳心故作为难地看了我一眼，还假惺惺地说：“可心，你就不要伤心了，你当初搬进来的时候就应该想到会有这么一天，反正明天哥哥他又不喜欢你，长痛不如短痛，你快点回家吧！”

说完，她转身要上车。

打开车门的时候，柳心迟疑了一下，那一下我从她眼里看到了犹豫，看到了很多

不确定的情绪。

可是，我哪里有什么心思去管她呢，我不知道她是不是真的喜欢荆明天，但只要一想到以后我再也不能陪在他身边，我就感觉内心像被绝望填满了一般……

我和他再也不会有交集了吧？

也许，在八岁时我们相遇的那一天，就注定了这样的结局，我和他本来就是两条毫不相干的平行线，永远都不可能在一起！

我拿着行李箱，愣愣地站在原地，看着他摇上车窗，看着荆家的铁门打开，看着那辆黑色的轿车开进荆家的大门，离我越来越远……

我提着行李箱，在路上漫无目的地走着。

老爸派来的司机被我打发了回去，我只想一个人静一静，我从来没有像现在这样希望想起失去的那一段记忆。

我想知道，为什么荆明天会那么讨厌我；我想知道，我和他之间，究竟还发生过什么事。一点一滴，就算是不愉快的记忆，我也想全部记起来……

只可惜……什么都记不起来！

我抱住仿佛要爆炸的脑袋，蹲在路边沮丧地哭了起来。

也不知道哭了多久，耳边响起一个温柔的声音："可爱，你怎么蹲在这里哭？你和明天到底怎么了？"

"宇文熙，荆明天他不要我了……"

我抬起头，宇文熙担忧的脸映入我的眼帘，我没有忍住，扑进他的怀里，像找到了躲避风浪的港湾，嘤嘤地大声哭了起来。

哭了一段时间，我才缓过来。

宇文熙带我来到附近的咖啡馆，给我点了一杯热可可，又拿了纸巾给我擦掉眼泪，才平静地说道："好了，现在我愿意当一个垃圾篓，听你把所有想说的都说出来，憋在心里闷坏了可不是什么好事。"

"我……"

我犹豫了一下，还是把我跟荆明天这几天发生的事情都讲给了他听，宇文熙听完之后并没有说话，而是沉默了。

“你说他这个人是不是很奇怪，明明是他自己莫名其妙地以为我是另一个人，还害得我也胡思乱想，以为我不是包可心，结果他把所有过错都怪在我身上，我又没跟他说我不是包可心，哼……”

哭完之后，我开始发泄自己心中的不满。

“的确。”

宇文熙若有所思地看着我，摸着下巴慢慢地说：“我也觉得他的反应太大了，他这个人对人一向冷漠，但凡是他不在意的人，他连看都不会看一眼，偏偏对你连细枝末节都那么在意，就好像他喜欢上了你一样……”

“不，不会吧？”

宇文熙的话让我惊得下巴几乎掉下来，赶紧否定了他的说法：“荆明天他那么讨厌我，怎么可能喜欢我啊？”

“呵呵。”

宇文熙摸了摸我的头，宠溺地笑道：“你不懂，有些人就是那么别扭，明明喜欢得要命，偏偏要装出讨厌的样子。”

“那……”

我懵懵懂懂地抬起头看他，想到一个很重要的问题：“那你呢？我以前做了那么多你讨厌的事情，你知道我只是失忆了，我还是包可心的时候是什么样的心情？”

虽然有好几次我都想问他这个问题，但又怕问出来了，得到的答案会让我难堪，就干脆憋在心里，一直都不敢问。

“我？”

宇文熙愣住了，大概没想到我会这么问他，想了想，他笑了起来：“你真的想知道吗？我怕我说出来，你会承受不住。”

“那，那你就当我没问好了。”

我缩了缩脖子，生怕再受一次打击。

“但我想说出来……”

宇文熙忽然俯身过来，拉住了我的手，深情地望着我的眼睛：“可爱，我承认以前我对你并没有好感，你大胆地表白，对我纠缠不休，我大多数时候都只是敷衍你，甚至利用你让明天难堪。”

说到这里，他顿了顿，更认真地凝视我：“但是自从你失忆之后，我好像重新认识了你，我开始对你有了兴趣。渐渐地我发现了你的善良、你的天真、你隐藏在内心深处的柔软，我知道你还是你，而我没有好好地去了解。我很感谢上天让我有了这个机会，让我看清楚自己的心。我不得不正视，我其实是喜欢你的这件事……”

他，他……

宇文熙该不会是在跟我表白吧？

我愣了好一会儿，才反应过来，触电般地将手缩了回来，尴尬地捂着滚烫的脸：“你不要用这种方式安慰我，你不讨厌我，我就很高兴了……”

“可爱，我是认真的！”

宇文熙一本正经地打断我。

“我，我该回家去了，你不要跟着我……”

我找了个借口，拖着行李箱就往咖啡馆外面跑去，生怕宇文熙会追上来。

可是，跑到咖啡馆附近的十字路口时，我还是被人追到了。

“喂——”

白子浩气喘吁吁地挡在我面前，一边喘着气，一边喊道：“你跑那么快做什么？害我差点被车子撞到，你知不知道？”

“怎么是你？”

我往他身后看了看，宇文熙正站在马路对面，恰好碰到红灯，他只能站在对面看着我和白子浩。

白子浩顺着我的目光看过去，跟宇文熙打了个照面，转过头来就对着我瞪圆了眼睛：“原来你跑那么快是在躲他啊，你们俩该不会在约会吧？”

“约你个头啊，你见过拿着行李约会的吗？”

我朝他翻了个白眼，这家伙的智商比我还低，眼看着红灯读秒了，我拉住白子浩的手就跑："不要废话，快点跑啦！"

拉着白子浩跑了很久，我才停下来。

"呼呼——"

"呼呼——"

我和他不停地喘着气。

白子浩靠在树上，抚了抚胸脯，歪着脑袋看着我："想不到你这个大小姐跑起来还挺快的，我差点都跟不上了。"

"呵呵，我也不知道自己现在能跑这么快！"

我瘫坐在路边的草地上，也像是发现了新大陆一般。

白子浩瞟了一眼我手里的行李箱，坐到我身边来："喂，你跟荆明天到底发生了什么？听说他把你从荆家赶出来了？"

"你能不能不要问啊，我现在不想说这个！"

我摇了摇头，低头拨弄着草坪上的杂草。

"好吧……"

白子浩故作轻松地耸了耸肩，又朝我咧嘴坏笑："反正我也不感到意外，他迟早会把你赶出来的！"

我沉默着不再说话。

等了好久，白子浩才推了推我："喂，你不要哭丧着脸啦，赶出来就赶出来呗，荆明天有什么好的，整天黑着脸，额头上挂个月亮，就能变身包青天，看着他我就想唱——开封有个包青天……"

"扑哧——"

我被白子浩逗笑了。

我知道他是故意这样说，想让我高兴起来，便推了推他，小声地对他说："谢谢你，白子浩……"

就在我拍了拍屁股上的草屑，准备从草坪上站起来离开的时候，我听到了荆明天的声音，一开始还以为是错觉，直到看到他和柳心从路边的车上下来我才确定。

“快躲起来！”

我拉着白子浩躲到了草坪边的树后面。

我这才发现，我和白子浩休息的草坪就在荆家所在的别墅区外面，我们跑了那么久，竟然跑到这里来了！

这就叫冤家路窄啊！

“你干什么？”

荆明天冷冷地看着柳心，似乎没什么耐心。

“我干什么，这个问题应该问你才是啊！”

柳心不甘示弱，也板着脸，对着荆明天吼道：“我只不过是进了包可心住过的房间，动了她的东西，你就冲我发脾气，你怎么可以这样对我？”

他们该不会是为了我在吵架吧？

我偷偷地探出头，只见荆明天冷着脸，皱起眉，用低沉的声音反问：“那么多房间，你为什么选她那间？”

“我就喜欢那间，不可以吗？”

柳心撇撇嘴，冷静了下来，双臂环胸看着荆明天：“反正我只住那间房，不然我就不搬进去。”

“随便你。”

荆明天转身就要走。

“等等。”

柳心叫住了他，走到他面前，盯着他问：“明天哥哥，你真的不后悔把包可心赶出去吗？”

这时，我也屏住了呼吸，想要知道答案。

可荆明天并没有回答，他狠狠地瞪了柳心一眼后，就往车子走去，不带一点留恋的感觉。

“我知道你在意那件事。”

柳心见他要走，连忙大声地喊道："如果我告诉你，那封告白信不是包可心贴到布告栏上去的而是我，你会不会对她改观？"

"你说什么？"

荆明天停下脚步，转过身来。

什么告白信？

我听得一头雾水，但看荆明天的表情，那封告白信好像很重要！

柳心好像下了很大的决心，握紧拳头鼓足勇气说："我知道，你一直以为当年那个叫陈小欣的女生写给宇文熙的告白信是包可心贴到布告栏上去的，告白信公开害得陈小欣被全校人耻笑，也害她抱着包可心一起跳湖，所以你讨厌包可心，你觉得她是个自作自受的狠毒女生……"

抱着我一起跳湖？

我全身都开始颤抖起来。

我从来没想过，我以前还遇到过这样的事情，那我记忆里被人救起的画面，也是那一次吗……

……

"咕噜咕噜——"

我在水里挣扎着，喝了好多口水。

眼前渐渐地模糊了起来，可就在这个时候，我听到"扑通"一声，好像有人跳下水朝我游了过来。

我的身体渐渐下沉，脑海里却莫名其妙地不停重复播放起一个画面来——

画面里我也是在水里，我看到有一个人朝我游了过来，他托住我的身体，把我往上拽，我看到了那个人的腰间有一个雪花形状的胎记……

那个胎记不停地在我眼前放大，放大……

……

"告白信是你贴的？"

荆明天的脸上看不出任何表情。

“是，是的。”

柳心舔了舔下嘴唇，慢慢地说：“其实，那天可心把陈小欣的告白信转交给宇文熙的时候，我就站在你的后面。宇文熙把告白信丢进垃圾桶，可心很生气，宇文熙就故意说让她帮他处理。你听到这里就走了，可我并没有走，我见到可心难过地拿着告白信不知所措，后来有人来叫她，她不小心把信遗留在路边的长椅上……”

她踟蹰了一会儿，还是继续说了下去：“我捡起了那封告白信。虽然我跟可心是好朋友，但我嫉妒她样样都比我强，嫉妒你总是把注意力放在她身上，我故意把那封告白信贴在布告栏上，嫁祸给她。我只是想让你讨厌她，没想到后来会发生那么多事……”

“你……”

荆明天一步步走到柳心面前，深邃的眼睛一眨也不眨地盯着她：“那你现在为什么要告诉我？你不怕我对你怎么样吗？”

“我怕。”

柳心颤抖了一下，小声说：“可是，我不能住进荆家去，我也不想跟你在一起，我心里有了喜欢的人，他是白子浩……”

呃？

我转过头去看白子浩，只见他震惊地张大了嘴巴，半天都没有合拢。我戳了戳他，小声地问：“喂，你没事吧？”

可这一开口，惊动了荆明天他们。

“谁在那边？”

荆明天大声喊道。

被抓了个正着，我也不敢再躲下去，只好拉了拉白子浩，从树后面走出去：“嗨，如果我说我们只是恰好经过，你们相信吗？”

“你说呢？”

荆明天的眼神一黯，朝我的行李箱看过来，又看了看柳心，顿时气急败坏地说：“包可心，这该不会又是你策划的一出戏吧？你躲在这里，让柳心来说服我，好又光明正大地走进荆家？”

我顿时傻了眼。

他……为什么总是要曲解我？

“我，我没有……”

我急得直摇头，想要跟他说明情况。

可他已经失去了理智，走过来一把捏住我的下巴，狠狠地看着我说：“包可心，你再说什么都没有用了，就算告白信不是你贴的，我也不会原谅你，你的欺骗让我觉得恶心，我再也不想看到你！”

“够了！”

忽然有人插进我们之间，一把将荆明天推开来。

原来是宇文熙，不知道他什么时候追上了我和白子浩，只见他一向淡然的脸上布满了愤怒的神情：“荆明天，可心她并没有欺骗你，这段日子她不是在演戏，也不是故意装成另外一个人，可心她失忆了，她只有八岁以前的记忆……”

“失忆？”

荆明天露出不可思议的表情，朝我看过来。

我的眼泪哗哗地往下流，也不知道是该点头还是摇头。

柳心和白子浩都露出惊讶的目光。

“呵呵。”

荆明天冷笑了两声，盯着我：“包可心，就连你失忆了这件事，你也先告诉他，而我只配最后才知道，是吗？”

“不，不是的，宇文熙他……是他自己发现的，我没有跟他说……”

我走过去，想要拉他的手，想要告诉他，我不希望他生气，我不想离开他，我只想跟他在一起。

“你走开！”

可我才走近，就被他一甩，我没有站稳，跌倒在地。

“啪——”

宇文熙看见了，上前就是一拳打在荆明天的脸上：“荆明天，你这个胆小鬼，你到底在害怕什么？”

“呵呵，我害怕？”

荆明天爬起来，嘴角还流着血，他冷笑地看着宇文熙。

我想要过去，却被宇文熙一把拉住，只听他说：“你就是在害怕，你害怕自己会喜欢上可心。因为不管是可心还是失去记忆后的可爱，她们的内心都是善良的，你被她们深深地吸引，你喜欢她们……但可心的性格跟你太像了，一样那么骄傲，害怕受伤害，你接受不了跟你那么像的可心。同时你发现她喜欢我，这让本来就讨厌她的你更加排斥她，甚至在心里暗示自己讨厌她。可当她失忆后，卸下自己的伪装变成了天真的可爱，你不由自主地靠近她，接受了她……所以，当你知道她就是包可心后，反应才会那么激烈，才会觉得她欺骗了你……”

荆明天没有否认，他一句话都说不出来，站在原地发了很久的呆，然后僵硬地转过身，往车子走去。

而我，听完宇文熙的话，也震惊得半天没有回过神。

时间仿佛静止了。

我只听得见周围凄凉的风声，落叶从树上飘下来，落在我的脚边，好像在告诉我们冬天迟早都会到来。

那么春天真的不远了吗？

3

答案是，未必。

我和荆明天的关系好像永远不会再有破冰的那一天了。

那天以后，我和荆明天几乎形同陌路，宇文熙说让我给荆明天时间，自己的感情被赤裸裸地摊开，展现在别人面前，他需要一段缓冲期来接受，来认清自己的内心……

我不懂。

但我比宇文熙明白，荆明天他不会再跟我说话了，他再也不会理我了。

他跟隔壁班欺负我的小虎不一样，他的心里藏着很多东西，那些东西被锁在很深很深的地方，如果没有钥匙，就永远都打不开了……

我踢了踢脚下的石子，垂头丧气地走着。

虽然我搬出了荆家，但荆明天并没有说出我失忆的事，所以荆家为了表示歉意，给老爸公司的资金支持并没有中断，老爸的公司起死回生，他现在每天都在忙公司的事，基本上不在家。而后妈跟老爸吵了一架后，去了欧洲度假散心，还没有回来……

学校放寒假了，我一个人待在家里实在无聊，本来想找阿宝出来玩的，她却跟她爸妈回了乡下老家，我只好自己出来逛街了。

“可心——”

身后传来叫喊声，我回过头，看到白子浩朝我跑过来。

“嗨！”

我高兴地朝他挥手。

我也不知道从什么时候开始，白子浩不再欺负我了，也不再提跟我告白的事，我们俩变成了好朋友，有时间他还会带我去乐队看他练习。

可是他才走到半路就露出惊恐的神色，开始往后退。

“你干吗？我有那么可怕吗？”

我不明所以，扭过头去，马上就知道了原因。

可怕的那个人不是我，而是柳心。她穿了一件鲜艳的红裙子，踩着高跟鞋，怒气冲冲地朝白子浩跑去：“白子浩，我们约好看电影的，你竟敢放我鸽子！”

“对不起，可心，我等下去找你啊——”

白子浩朝我摆了摆手，然后转身就开始逃命。

看着两个人一前一后你追我跑的画面，我的嘴角不由得弯起来，这两个人真是一对冤家，希望他们真的有在一起的一天吧。

说起来，我好佩服柳心，大胆追求自己的爱情，不是谁都有勇气的……

“嗡嗡——”

这时，我口袋里的手机振动起来。

我掏出手机，发现收到了一条短信——

“可心，请你来学校后面的真心湖边，我有很重要的事要跟你说，我在这里等你。宇文熙。”

呃？

这不是宇文熙的电话号码啊！

我歪着脑袋想了想，可能是他换号码了，就没有怀疑地往学校走去。

真心湖就在金桂学院的后面，跟学校的人工湖相通，但真心湖大得多，可能是由于天气越来越冷的缘故，湖边没有什么人。

湖很大，我也不知道要去哪里找宇文熙，就干脆给他打电话。

“嘟嘟——”

很久都没有人应答。

咦？

他不是说在湖边等我吗？怎么不接电话？

我正在疑惑的时候，身后忽然伸出一只手，将我的嘴捂住，我还没有反应过来，就闻到一股奇怪的味道，然后晕了过去。

迷迷糊糊地醒过来后，我发现自己被绑在湖心的小船上，而上次跟宇文熙在路边争吵的女生站在我身边，愤恨地看着我。

“你是谁？你想干什么？”

躺在甲板上，身下传来的冷气让我蜷缩起了身子。

她居高临下地看着我，冷笑了两声说道：“呵呵，包可心，你装什么装？你连我都不认识了吗？”

“我，我真的不认识你。”

我认真地回答。

女生看我一脸认真，脸色一变，愤怒地瞪着我：“包可心，你把我害得那么惨，

你竟然敢忘记我？”

“对不起，几个月前我不小心从楼梯上摔下来，失忆了……”

我跟她解释。

“失忆？”

女生听后，疯狂地笑起来，有些狰狞：“包可心，你真当我是笨蛋，说这样的谎话来骗我？既然你装失忆，那我就把你的罪行再跟你好好说一遍！当初是我天真地相信了你，让你帮我送情书给宇文熙，但我没想到你根本就没给他，而是把我的情书贴在了学校的布告栏上，让我成为全校人耻笑的对象，让我在学校里待不下去……”

“你是那个陈小欣？”

我明白了，原来她就是宇文熙口中说的那个陈小欣，怪不得上次我会看到宇文熙跟她在路边争吵。

“你终于记起我来了？”

陈小欣朝我踢了一脚，又把我的腿捆紧了一些：“我告诉你，前两次只是我对你的警告，都让你躲了过去，这次我一定不会放过你！”

“前两次？”

我想到了自己被蜜蜂蜇，还有演音乐剧时被水淋的遭遇。

……

宇文熙放开了拉着我的手，让我接听电话。

手机那边传来阿宝担心的声音：“可爱，我听说你被蜜蜂蜇了住进医院了，你有没有怎么样啊？到底是什么人这么坏，竟然在你的外套夹层里涂花粉和蜂蜜，害你被蜜蜂围攻啊……”

……

好不容易念完台词，我按照排练好的，拿出魔法棒朝空中挥动。

这个时候，舞台上方本来要落下的是准备好的“雪花”，可我并没有等来“雪花”，从我头顶倾泻而下的是……水！

“哗啦啦——”

我被从头到脚淋透了，全身顿时湿淋淋的。

……

我一直都以为是自己人缘不好，被大家讨厌，所以有人对我恶作剧，没想到都是她一个人做的。况且柳心都已经承认了，告白信跟我并没有关系。

“你听我说，告白信不是我贴到布告栏上的……”

眼看着她想把我推下船去，我赶紧喊道。

我的呼喊让她停下了动作，但她马上变得更加歇斯底里：“不是你？那还有谁？你真当我现在还像以前那么笨，连你跟宇文熙告白过都不知道，还傻傻地拜托你帮我送告白信？”

“其实贴告白信的那个人是……”

不行！

我不能告诉她是柳心贴的告白信，不然她肯定也会对柳心实施报复的！她现在完全失控，到时候都不知道会对柳心做出什么事来！

“说不出来了吧？你还想嫁祸给别人，我不会放过你的！这次没有人会救你了！”

陈小欣越来越激动，将我一把推到了船边。

救命啊！

我吓得闭上了眼睛。

就在陈小欣要把我推下水时，岸边忽然传来了一阵怒喝：“陈小欣，你给我住手，你要是敢推她下去，你就死定了！”

“明天！”

听到这熟悉的声音，我猛地睁开眼睛，看见湖边站着的那个人正是荆明天，他穿着黑色的风衣，迎风站立在岸边，整个人散发着肃杀的气息。

“荆明天，你怎么会在这里？”

陈小欣的手抖了一下，眼睛里满是惊恐。

“我早就知道你的那些小动作，我在可心的手机上装了定位系统，跟我的手机绑定，她走到哪里我都知道！今天早上我发现位置一直在真心湖边不动了，就觉得有问题，没想到真的是你！你最好快点放了她，否则我不保证我不会对你下狠手！”

荆明天冷冷地看着陈小欣，声音不大不小，在真心湖上飘散开来。虽然他离我们有七八米远的距离，但他的话我听得清清楚楚。

“我不明白！”

陈小欣悲愤地怒吼起来：“包可心她明明背叛了你，我知道你们已经彻底决裂，她也搬出了荆家，你为什么还要来救她？”

“那都不关你的事，你只要放了她就好。”

荆明天上了湖边停靠的另一艘小船，想要接近我们。

“你不要过来！”

陈小欣把手放在我身上，做出要推我下水的动作：“你不介意吗？她喜欢的人是宇文熙，他们俩的事闹得沸沸扬扬，你不是一直也很讨厌她吗？明明她性格那么差，又骄傲又任性，你不是也一直想把她赶出荆家吗？”

“没错，我以前的确以为自己讨厌她。”

荆明天站在小船上，朝我看过来，眼神里透着一丝坚定：“就在我来这里的前一秒，我还在生她的气，我打算一辈子都不原谅她，也不喜欢她，可当我站在湖边，看到你要推她下水的那一刻，我才发现，不管我再怎么隐藏自己的心意，把它藏得有多深都没有用！”

荆明天……

我望着他，心里面有种异样的情愫呼之欲出。

“对，我喜欢她。”

荆明天停顿了一下，又接着说：“我喜欢她，就像呼吸空气那么自然，只要她有一点点的危险，我的心就会悬起来。就算她骄傲、任性、没人缘，但我知道她有善良的内心，她会冒着过敏的危险去救流浪狗流浪猫，她会帮朋友送告白信，尽管她也喜欢那个人，她会帮报复她害她差点溺水的人求情，让其不被学校开除……”

冷风从湖面刮来，钻进我的衣服。

可我一点都不觉得冷，我的心因为荆明天的话变得温暖如春。我看着他，泪水在眼眶里不停地打转。

其实我的内心一直都很排斥我是包可心这件事，但听了荆明天的话后，我开始庆幸。我觉得，也许是上天怜悯我才让我失去记忆，让我和他的心越来越靠近！我不知道失忆前，我是不是喜欢他，可能像他们说的那样，我喜欢的人是宇文熙，但我知道这一刻我的心里装满了他，我的眼里只看得到他……

在跟他相处的这段日子里，我重新认识了荆明天，他的外冷内热，他处理问题时的果断积极，他三番五次地救我，他冷漠的眼神背后善良的心……连我自己都没有察觉到，在潜移默化中，我对他的感情已经发生了变化……

我喜欢他。

不然，在他以为我骗了他，说出绝情的话的一刹那，我不会那么绝望伤心；不然，我也不会那么迫切地希望自己不是包可心，希望他不要讨厌我；不然，我也不会在他刚才说出表白的话后，心里那么感动和高兴……

我喜欢上了荆明天，那个一直讨厌着我，从我失忆后，嘴里说着讨厌我却对我越来越好的荆明天；那个表面上对任何人都冷漠，实际上也会害羞，会为了保护我被蜜蜂蜇得满头包而晕过去的荆明天！

“不，你说的都是谎话，她怎么可能帮我求情？她就是一个恶毒的女生，一个骄傲自负不把别人放在眼里，只看得见自己的自私的人！”

陈小欣捂住耳朵，激动地大叫。

然后，她忽然冷静了下来，用仇恨的目光看了我一眼，又红着眼睛对荆明天说：“好，既然你真的那么喜欢她，那就代替她吧！你跳到湖里去并且不准自救，不准游上来，我就放了她！”

“好！”

荆明天连想都没想就答应了陈小欣：“只要我跳下去，你就放了她，如果你敢违背诺言，我绝对不会放过你！”

说完，他深深地看了我一眼，就毫不犹豫地往湖里跳去。

我从震惊中反应过来，看着溅起的水花和向下沉的荆明天，撕心裂肺地大喊：“不，不要——”

不要！

荆明天，我不要你死掉！

呜呜呜……

为什么你要为了我做这种事？

我宁愿你讨厌我，宁愿你转身离开！

我哭得天昏地暗，眼睁睁地看着荆明天消失在湖面。湖面渐渐平静下来，我挣扎着要往水里滚去，却被陈小欣拉住。

她好像也没想到荆明天会真的跳下去，整个人都不太对劲了。

“你干什么？你想跟他一起去死吗？”

陈小欣朝我大吼。

“可心——”

就在这时，我听到了宇文熙焦急的声音。

我扭头朝岸上看过去，宇文熙正带着柳心走向这边，我赶紧大喊：“宇文熙，快救荆明天，他跳进湖里去了！”

宇文熙正要跳下水，可陈小心看到他，又发起狂来：“不准去救他！你们都不准动！不然我就把包可心推下去！”

“陈小欣，你住手！”

柳心站在湖边，看见陈小欣要推我下水，急忙喊道：“告白信不是包可心贴的，是我贴的，你一直都针对错了人！”

“你说什么？我不相信，为什么会是你？”

陈小欣陷入疯狂，不停地摇头。

“是我！我干吗要对你说谎？我就是为了让你认为是包可心做的，才把告白信贴到布告栏里的！”

柳心也朝小船走过去，指着陈小欣说：“其实，你并不是因为告白信被公开才这

么恨包可心吧？你的心理跟我一样，你在嫉妒她，嫉妒她比你漂亮比你学习好，宇文熙和荆明天都对她又爱又恨，这就是你嫉妒她的原因……”

“我没有！我没有！”

柳心的话刺激到了陈小欣，她发起狂来，推了我一把，我还来不及尖叫就掉进了湖里，瞬间冰冷的湖水将我淹没了。

可我被绑住了手脚，连挣扎都做不到，直接沉向湖底。

对不起，荆明天，都是我害了你……你放心！我绝对不会让你一个人孤零零的，我来陪你了……

我绝望地闭上了眼睛。

“哗啦啦——”

就在这时，我的耳边响起了水声。

一个人从水底将我托起来，抱住我，带着我游向湖面，我仿佛又看到了那个雪花状的胎记，就在我眼前……

“可心，你醒醒！快醒一醒！”

不知道过了多久，我的耳边突然有声音响起。脸被人拍打着，我吐了两口水，才缓缓地睁开眼睛。

“荆，荆明天？你不是……呜呜，我还以为你……”

我欣喜若狂地看着眼前的人，他全身上下都湿淋淋的，嘴唇冻得发紫，那双黝黑的眼睛却闪闪发亮。

“我没事，有专业的教练教我练过水下闭气……我最长的纪录是在水下闭气四分二十二秒。陈小欣让我跳湖，我将计就计，打算从湖底游过去救你……没想到宇文熙和柳心会赶过来打断我的计划，让陈小欣抓狂把你推进湖里……不过这样我救你反而更加方便了些，轻而易举地从湖里将你救了上来……”

荆明天解释着，由于严重缺氧，他不停地喘着气，说话断断续续的。

“呜呜，那万一你支撑不了那么长时间呢？这种方法也太危险了，你知不知道你跳下去的时候都快吓死我了！”

我的眼泪哗哗地往下掉，埋怨地看着他。

“不会，为了你，我会坚持下来的。”

荆明天坚定地说着，然后忽然一把将我抱在怀中：“可心，以后我再也不会丢下你了，我喜欢你，比世界上任何一个人都要喜欢你！”

“我，我也是，很喜欢你。”

我小声地回应着，冰冷的脸滚烫起来。

这个时候，我已经不想隐藏自己对他的感情了，在他毫不犹豫地跳进湖里的那个瞬间，我就知道，除了他我再也不会喜欢其他人……

荆明天，他值得我喜欢！

得到了我的回应后，荆明天将我抱得更紧了，在我耳边说：“不管你是不是包可心，也不管你有没有失去记忆，我都不在意了，只要你在我身边……”

“好了，你们别秀恩爱了！”

宇文熙把自己的衣服脱下来，披在我身上，无奈地说：“天气这么冷，还是先回去吧，我已经叫司机在路边等着了，陈小欣的事会有警察来处理。”

“可心，你不知道，刚才明天哥哥从水下带着你游上来的时候，真是太帅了！”

柳心捂着脸，两眼都在冒红心。

“我……”

我抬起头看了看穿戴整齐的宇文熙，又推开浑身湿透的荆明天，然后做了一个让大家都震惊的动作——

掀开荆明天身上的衬衣！

雪花状的胎记！

所以，我猜得一点都没有错，我记忆里的那个人就是他！找回了一点点记忆，是不是代表以后我会慢慢地恢复其他记忆呢？

我正惊喜不已，耳边传来了荆明天的怒吼：“包可心，你又在大庭广众下掀我衣服！你是有多想脱我的衣服？你这个好色女——”

呵呵！

我现在可一点都不担心他生气！

因为我已经找到了那把打开真心的钥匙，它就握在我的手里，而我再也不会放开，就算世界终结也不会！

为你量身定做的**女主角第一视角**桌面游戏，让你切身感受女主角的所思所想！配合**米米拉**新书**《真心候补团》**共同使用，效果会更佳哦！

《真心候补团》之可心可爱大冒险（棋）

浮现在包可爱脑海里那“雪花胎记”的主人到底是谁？一连串乌龙事件后，可爱能否找到那个“雪花胎记”的主人？
积极探索“雪花胎记”，前进两步。

往桌子里放仿真蜘蛛，偷数学课本，抽走椅子，喷水……摇滚乐队主唱白子浩在包可心面前完全是“小学生”，将“喜欢她就欺负她”贯彻到底！
被欺负的宝宝后退两步。

前进两步

后退两步

休息一轮

外表美丽、身材高挑的包可心与矮矮胖胖还贪吃的包可爱，“公主病”万人迷VS“萌萌”小胖妹，谁才是荆明天心中所爱的那个她呢？
挑花眼的宝宝，休息一轮。

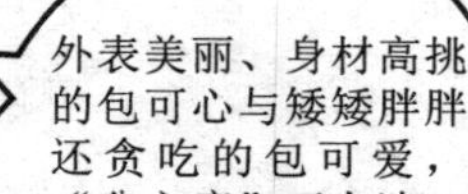

滚下楼，撞桌子，水里抽筋……连续交厄运的包可爱啊，造成这一切的共同因素就是大魔王荆明天在场，难道是他给可爱施了倒霉咒吗？
巴拉巴拉明天明天魔法，再来一次。

再来一次

荆氏集团的天才少爷，兴师动众搞“书童”甄选，难道真的只是找“书童”那么简单吗？大家都削尖了脑袋想要当“书童”，包可爱却只想逃走？

休息一轮，听《真心候补团》为你解开霸道少爷和迷糊书童之间非比寻常的故事。

休息一轮

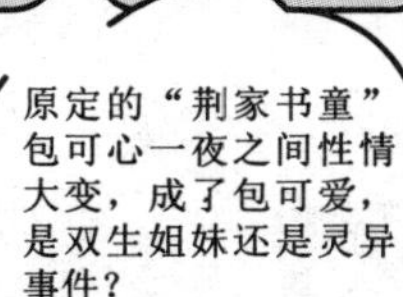

原定的“荆家书童”包可心一夜之间性情大变，成了包可爱，是双生姐妹还是灵异事件？

宝宝受到了惊吓，退回起点。

退回起点

休息一轮

阳光草地，湿发校服，运动毛巾，呼吸心跳，白衫的宇文熙，温柔的公主抱……“包可心，你这样挺有趣的。”真的只是有趣而已吗？

沉溺于宇文熙怀抱，休息一轮。

连“路人甲”都想要推进水池的女主角，实际上却是一个可爱的超级“小白”。正所谓前人造孽，后人遭殃，是什么引发了如此大的转变？

到达终点！让《真心候补团》用真心来解答你的好奇！

到达终点

7月

新书上市预告

《糖心少女》

▶ **穿着纯白祭祀服的虎牙少年，感谢命运让我与你相遇**

天津人民出版社

《过境鸟》

▶ **青春路上的残酷与炽烈，生命中的缠绻与分别**

万卷出版社

《风鸣大陆⑤》

▶ **持续引领西幻文学热潮**

知识出版社

《岁月至此剧终》

▶ **刀尖上的青春之舞**

知识出版社

《风鸣大陆⑥》

▶ **持续引领西幻文学热潮**

知识出版社

《星光萌动朵朵开》

▶ **来看会被蔬菜吓晕的萌系少年**

湖南少年儿童出版社

《美颜怦怦J计划》

▶ **魔镜少女VS冰山学霸的心跳纪事**

知识出版社

《晚安·夜风相伴》

▶ **58个暖心故事，为你解忧明惑**

万卷出版社

《我的男友是超人》

▶ **实力超凡的追女友大作战**

知识出版社

《萌二，快到碗里来》

▶ **丢掉你的高智商，好好爱我**

天津人民出版社

《岁月还未来得及缠绵》

▶ **人之所以懦弱，是因为有了软肋，有了爱**

万卷出版社

《若是分离，不如不遇》

▶ **最完美的巧克力，是七分真情、两分思念以及一分离别**

知识出版社

《梦花街事务所》

▶ **倒霉爱神的悲惨求偶记**

湖南文艺出版社

GLOBAL EVOLUTION

全球进化

⑥盖亚之怒

最动人的故事终有结局，
但最璀璨的生命将永远延续。

开山之作

生物进化类冒险小说

收官在即——

经典永不落幕！

海底没落　两栖崛起　硝烟不止还复返

柳树蜕变　盖亚显身　存亡之战终到来

《全球进化⑥盖亚之怒》简介：

拥有高度文明的海底人举族对抗大柳树，却不料在两栖人的伏击下全军覆没。

为了让人类文明得以延续，刘畅不得不孤身前往海底，向海底原核部族寻求帮助。在那儿，又会有什么奇遇等待着他？

之后，柳树开始进一步扩张，大批两栖人入侵帝京，处于战火中央的刘畅和李轻水，又该如何面对这场浩劫？

时间眨眼过去四年，刘畅已经进化成最完美的形态，而柳树也演化成了巨大的行星级生命。当红雾突然消失，一场关乎世界存亡的决战在二者之间展开，迎接他们的，究竟是新生，还是毁灭？

锦年曾说过，她笔下每个人物对她来说都是一个个独立的人，因为彼此不同的个性和想法摩擦碰撞，最后才选择了不同的人生。那么，今天就让我们走进《过境鸟》，看看三大“主演”都是怎样面对菜菜的终极拷问的吧！

菜菜：请问，在这个故事里，你们做过最开心的一件事是什么？

苏云溪：这个问题太有难度了，我能选择不回答吗？

（菜菜冷汗：锦年，你真是虐惨我们阿溪了。）

苏云溪：不过要说真的开心的事情，大概是在酒吧唱歌的那段日子，和阿昕混在一起，不畏将来，不念过去。

（菜菜擦了把汗：那顾尽北呢？）

顾尽北：遇见苏云溪。

（苏云溪小脸红透。）

姜昕：没有特别开心的事，但是我觉得我做得最勇敢并且正确的一件事就是退学去找苏云溪。

菜菜：那么你们做过的最后悔的一件事是什么？

苏云溪（沉思）：疯了十年，做了太多傻事，都记不清了。

顾尽北：没有抓住她，让她逃走了。

苏云溪（闻言看向顾尽北，终于鼓起勇气）：那么我最后悔的应该是到最后都没有勇气拥抱他，和他好好在一起。

姜昕：以为爱是没有对错的，去爱了一个不该爱的人。

菜菜：你们最想对锦年说的话是什么？

苏云溪：此人应该烧死。

顾尽北：烧死+1。

姜昕：从未见过如此厚颜无耻的“后妈”。

（锦年愤怒掀桌：你们反了？菜菜慌忙阻拦……）

Bird Of Transit

伤情天后锦年全新故事 《过境鸟》全国上市！

我要你回来，
你就真的会回来吗？

千鸟，忘了我吧。

你离开那么久，
我也等了那么久……

到最后，
我居然跟我的情敌成为了朋友。

千鸟，最后一次拥抱你，
我们各安天命吧。

青空之巅，生死攸关

是命运将你我推向深渊……

忘了你？我忘得了吗？

年度大戏《青空之鸟》火热上市
有声故事即将上线，用耳朵倾听《青空之鸟》

你看繁花似锦
总有枯萎总有坠落
你看高空之雁
南飞而去不再北还
你听他在云间
对她说分外想念
你听她在地上
对他说
你是我永远的少年

来自大理の美食邀请函

麦洛洛的新书《我愿与你浪迹天涯》即将与大家见面啦！

在大理的这些年，麦洛洛认识并结交了许多朋友，聆听过他们的故事，并记录下来。编辑看完稿子后，感动之余也按捺不住跳动的小心脏，想要即刻奔往大理去看一看了！这不，刚好收到来自大理的美食邀请函，去大理怎么会少了美食攻略呢？往下戳！

喜洲粑粑 外皮香酥内在绵软

弥渡卷蹄 贮存越久，味道越美

鸡豆冰粉 凉吃消暑，热吃暖腹

饵丝　米线圆滑，饵丝留香

大理石锅鱼　味道鲜美，有益健康

以上只列举了部分，编辑在找素材的时候，口水已经流到办公桌上了！（嘤嘤嘤……）
不过，正所谓心动不如行，赶紧来一场说走就走的旅行，远赴大理去吃一场吧！
对了，去的时候记得带上《我愿与你浪迹天涯》，做一个充满文艺气息的“吃货”！而且，说不定“你”还可以和作者麦洛洛在大理来一场意外的邂逅哦！

随书附赠“我愿卡”，可将你的心愿写在“我愿卡”上寄到麦洛洛的客栈，麦洛洛会从中抽取部分，并帮助愿望卡的主人实现！

《寻月谣》

唐家小主

传说，“凤凰花”能起死回生，所以他想着，哪怕他失手杀了她，她总归还能复活，他们也总归还能在一起。
但是他想错了，原来，她早把“凤凰花”给了他……
这一世，他寻“月”而来，却遇到了单纯固执的屠户之女。

何小妹：不能离开三米，是不是说，我……我们要一直在一起？
何小妹：以往每次都是你保护我，现在轮到我来保护你了！
何小妹：你别死！你别死！

命运的最后，他到底会作何选择？而他的真心，又到底系在了谁身上？
寻月一曲，梦遥千里。

沧澜：别哭了，本来就不漂亮，再哭……还能不能嫁出去啊……

《萌二，快到碗里来》

夏桐

【姜中大道】：你是猪吗？小怪来砍你，你不会躲吗？你是女妖精，不是女神经！
【花花少女】：我不会，我第一次玩游戏……师傅，求带！
此时，周围的怪物已经被姜正毅杀干净了。景花花终于不用再重复被砍死的命运。说了这句话后，她便开始围着姜正毅撒娇、卖乖、转圈圈。
【花花少女】：师傅，我会很乖的，你叫我往东，我就不敢往西。
【姜中大道】：我不是你师傅，而且我不收徒弟。
特别还是你这么笨的，更不会要了……姜正毅默默在心中补了一句。
【花花少女】：[流泪]师傅，我什么都会干的，洗衣、做饭、包暖床！
姜正毅不理她，翻身上马就想离开。景花花一看他要走，情急之下，奋力朝前一扑。双手刚抓到马蹄子，还没反应过来，眼前就是一花——
她又死了。
这次，是被马踹死的。

《记忆是崩落的沙》

锦年

“我叫秦月离，接下来的旅程就请多指教了。”
秦月离永远不会知道，墨镜背后的那双眼睛里，此刻涌出了热泪。
他和她离得那么近，他却连抱她一下都不可以。他把自己藏在口罩和墨镜背后，一句话都不敢说。
也许有的人，这一辈子只要能在角落听见她的声音，就会觉得整个世界都明亮起来了。
看不见又有什么关系？
你就是我的光啊。
只是，我再也照顾不了你了。

你好，秦月离。
再见，秦月离。

*封面以实书为主